Susanne Mischke
Winterküsse in New York

Susanne Mischke wurde in Kempten im Allgäu geboren, lebt in Hannover und ist sowohl im Jugendbuch als auch der Belletristik eine der bekanntesten deutschsprachigen Autorinnen. Sie wurde ausgezeichnet mit dem Georg-Christoph-Lichtenberg-Preis für Literatur und der »Agathe«, dem Frauenkrimipreis der Stadt Wiesbaden. Ihre Romane wurden in mehrere Sprachen übersetzt, die Erfolgstitel »Mordskind« und »Die Eisheilige« wurden vom ZDF verfilmt.

Susanne Mischke

Winterküsse in New York

dtv

Ausführliche Informationen über
unsere Autoren und Bücher
www.dtv.de

Von Susanne Mischke ist bei dtv junior außerdem lieferbar:
Dont't kiss Ray

MIX
Papier aus verantwortungsvollen Quellen
FSC® C019821

Originalausgabe

Umschlaggestaltung: Alexandra Bowien/dtv
unter Verwendung von Fotos von gettyimages
Gesetzt aus der Scala
Gesamtherstellung: Druckerei C.H.Beck, Nördlingen
Gedruckt auf säurefreiem, chlorfrei gebleichtem Papier
Printed in Germany · ISBN 978-3-423-71751-9

Noch vier Tage bis zum Abflug

Central Park

Der Himmel über der Skyline ist blau und klar, und es ist so eisig kalt, dass sogar mein Atem am Schal gefriert. Tapfer beschließe ich, die Kälte zu ignorieren, während ich ... *elegant über die Eisfläche gleite ...*

Das würde sich hier gut machen, aber die Realität sieht ein bisschen anders aus. Mit der gesteppten Daunenjacke und dem dicken Wollschal sehe ich aus wie ein Pinguin im Winterspeck, und so ähnlich bewege ich mich auch: Ich watschle übers Eis. Es muss an den neuen Schlittschuhen liegen, die Grandma mir geschenkt hat. Die Kufen sind so scharf geschliffen, sie verzeihen nicht die kleinste Unachtsamkeit. Dazu kommt, dass ich zum letzten Mal vor einem Jahr Schlittschuh gelaufen bin, bei mir zu Hause. In meiner Erinnerung hat es ziemlich gut geklappt und in der Subway auf dem Weg von Brooklyn hierher sah ich mich im Geist schwerelos und grazil wie eine Eisprinzessin dahinschweben. Wahrscheinlich habe ich zu viele Disney-Filme gesehen.

Zwischendurch halte ich immer wieder an, verschnaufe und betrachte die Kulisse: die dünne Schneedecke auf den Rasenflächen, die von Raureif glitzernden Bäume des Parks und dahinter die Wolkenkratzer; strenge, aufwärtsstrebende Linien, die scharf in die klare Winterluft schneiden. Normalerweise stehe ich auf Naturlandschaften und nicht so sehr auf Städte, aber mit New York ist das etwas anderes. Wie so oft in den letzten Tagen berührt mich die Schönheit dieser Stadt tief in meinem Innern, und schon ist da wieder dieser lästige Kloß in meinem Hals. Ich wünschte, Mum wäre hier, oder wenigstens Grandma.

»Du weißt, dass sich Granny nicht die ganze Zeit um dich kümmern kann, sie hat schließlich ein Hotel zu führen«, hat mich meine Mutter vor der Abreise gewarnt. Und ich habe erwidert, dass ich durchaus in der Lage sei, mich selbst zu beschäftigen, schließlich sei ich kein Kleinkind mehr, sondern sechzehn. Ich war voller Vorfreude und stolz darauf, dass ich allein zu Grandma nach New York fliegen durfte. Ich würde die Stadt auf eigene Faust erobern und kam mir allein schon bei dem Gedanken daran richtig cool und abenteuerlustig vor.

Tatsächlich habe ich mich in den vergangenen Tagen recht gut allein durch den Großstadtdschungel geschlagen. Ich bin nicht beklaut oder entführt worden, ich habe mich nicht verirrt und es sogar geschafft, mich mit den Mysterien der Subway vertraut zu machen. Bei alledem habe ich mich nicht einsam gefühlt, sondern eher wie ein Pionier. Oder wenn doch, dann nur für einen flüchtigen Augenblick, und seltsamerweise immer dann, wenn ich etwas besonders schön fand.

Aber allein eislaufen ist irgendwie nicht so toll. Niemand lacht, wenn man hinfällt, keiner ist da, mit dem man lästern könnte über die, die sich noch ungeschickter anstellen als ich. Stattdessen bin ich umgeben von Paaren, Familien und Freundescliquen, die in den immer gleichen Posen für ihre

Selfies posieren. Das muss einen ja runterziehen. Trotzdem, ich bereue es nicht, in den Park gekommen zu sein. Welche von meinen Freundinnen zu Hause kann schon von sich behaupten, im Central Park Schlittschuh gelaufen zu sein? Okay, das mit dem *Laufen* ist relativ, und dass der Wollman Rink zum Trump-Imperium gehört, muss man halt ausblenden. Gar nicht so leicht, wo doch der Name in fetten Lettern auf der Bande steht. Im Geist beschließe ich, diesen Neujahrs-Nachmittag als »tolles Erlebnis« abzuspeichern.

Ursprünglich hatte die Eisbahn am Rockefeller Center auf meiner Liste gestanden. Aber Grandma meinte, dort würde man um die Feiertage herum das Eis vor lauter Menschen nicht mehr sehen. Das hätte immerhin den Vorteil gehabt, dass es keinen Platz mehr zum Hinfallen gibt, erkenne ich jetzt. Inzwischen bin ich schon einige Male auf meinem Hintern gelandet. Aber auch hier ist es ganz schön voll, und ich muss höllisch aufpassen, um nicht dauernd Leute anzurempeln. Dabei hatte ich gehofft, die New Yorker würden ihren Silvesterkater auskurieren und zu Hause bleiben, aber das war ein Irrtum.

Da! Ein Inder mit Steppjacke und Turban rudert windmühlenartig mit den Armen und rast auf mich zu! Der gute Mann hat die Sache anscheinend noch weniger im Griff als ich. Ich kann ihm noch gerade so ausweichen, komme aber selbst ins Trudeln, und genau in dem Moment prallt etwas von hinten gegen meine Beine. Ich schieße nach vorn wie eine angestoßene Billardkugel. Das kann nicht gut gehen. Prompt lege ich eine perfekte Bauchlandung hin, schlittere noch ein paar Meter übers Eis und werde erst von einem

Paar Beinen in Jeans gestoppt. Deren Besitzer verfügt zum Glück über ausreichend Standfestigkeit, um dem Aufprall von sechzig Kilo Lebendgewicht standzuhalten. Ein kleines Mädchen in einem pinkfarbenen Anorak knallt mir jetzt auch noch direkt in den Rücken. Wir murmeln beide ein paarmal »sorry«, ich noch öfter als sie, obwohl sonnenklar ist, dass sie es war, die mich zu Fall gebracht hat. Aber die New Yorker sind überaus höflich, das habe ich in den vergangenen zehn Tagen gelernt. Werden sie auf dem Gehweg angerempelt, entschuldigen sie sich, anstatt, wie bei mir zu Hause in Bayern, dem Rempler etwas Unfreundliches hinterherzurufen.

»Ist dir was passiert?«, frage ich die Kleine, nachdem wir uns genug entschuldigt haben.

Sie sieht mich mit großen blauen Augen neugierig an. Ihre Nase ist übersät mit Sommersprossen, rote Locken ringeln sich unter ihrer weißen Bommelmütze hervor. Sie schüttelt den Kopf und ist schon wieder auf den Beinen, während ich noch dabei bin, meine Gliedmaßen zu sortieren und meine Füße so in Position zu bringen, dass ich beim Aufstehen möglichst nicht gleich wieder hinfalle.

»Wirklich, Norah, du musst schon ein bisschen aufpassen!«

Ich lege den Kopf in den Nacken, um zu sehen, woher diese sympathische Stimme kommt, gleichzeitig spüre ich, wie mich jemand an den Ellbogen hochhievt und mich wieder aufs Eis stellt, so mühelos, als bestünde ich aus Styropor. Es ist der Jeansträger, gegen den ich geknallt bin.

»Bist du okay?«, fragt er.

Statt zu antworten, starre ich meinen Helfer an wie ein

Schaf. Er dürfte so knappe zwanzig sein und genau wie seine Begleiterin hat auch er ein paar Sommersprossen auf der Nase und ... grüne Augen! *Sehr* grüne Augen. Mit braunen Sprenkeln darin. *Wow!*, denke ich und stottere dann auf Deutsch: »Ich ... ich glaube schon, ja, geht schon wieder«, ehe ich mich darauf besinne, wo ich bin, und ihm nochmals auf Englisch versichere, dass mit mir alles in Ordnung ist. Glaube ich jedenfalls. Probehalber bewege ich meine Handgelenke, die ein wenig schmerzen, weil ich mich beim Fallen gerade noch aufgestützt habe. Aber der Schmerz lässt bereits nach.

»Das kleine Trampeltier, das dich umgefahren hat, ist Norah, meine Nichte«, stellt der Typ die Kleine vor. »Sie kommt aus Little Falls in Upstate New York, dort ist man es gewohnt, mehr Platz zu haben. Norah, entschuldige dich bitte.«

»Das hat sie schon«, versichere ich eilig. »Ist ja nichts passiert. Es ist auch nicht das erste Mal, dass ich heute hingefallen bin.«

»Hab ich gesehen.«

Ich merke, wie meine Wangen heiß und rot werden. Aber das könnte man auch der Kälte zuschreiben.

»Ich bin schon sieben«, lässt mich Norah wissen. »Wie alt bist du?« Sie schaut mich fragend an.

»Sechzehn«, antworte ich. »Ich heiße Lexi.«

»Ich bin Liam«, kommt es von Grünauge. Er schiebt eine Strähne seines dunklen, etwas borstigen Haars unter sein Stirnband. Dieses Lächeln!

»Lexi«, sage ich erneut und erwidere sein Lächeln. Genau genommen strahle ich ihn an wie ein Stadionscheinwerfer.

»Liam und Lexi, Liam und Lexi …«, singt Norah vor sich hin.

Liam und Lexi … hört sich gut an, denke ich.

»War das eben Deutsch?«, fragt Liam.

»Ja, ich komme aus Deutschland. Ich bin über die Weihnachtsferien zu Besuch bei meiner Großmutter.«

Sehe ich da so etwas wie Enttäuschung in seinem Blick? Bin ich jetzt, da ich mich als Touristin geoutet habe, in seinem Ansehen gesunken? Dabei fühle ich mich eigentlich gar nicht wie eine gewöhnliche Touristin. Vielleicht sollte ich noch einmal extra darauf hinweisen. »Ich besuche meine Grandma, sie wohnt in Brooklyn«, erkläre ich.

»Da wohne ich auch. Und woher aus Deutschland kommst du?«

»Daglfing«, sage ich.

»Dägel…?«

»München«, korrigiere ich rasch. *Daglfing! Mensch, Lexi!*

»Ah, *Munich*!«, wiederholt er und nickt.

»Weltstadt mit Herz«, füge ich hinzu.

»Wie bitte?«, fragt er in holprigem Deutsch.

»Nichts«, lache ich, denn nach zwei Wochen in der Stadt habe ich gelernt, dass es für einen New Yorker keine andere Weltstadt gibt als die eigene.

Liam sieht mich ein wenig irritiert an. Kein Wunder, bei dem Blödsinn, den ich daherrede. Warum bin ich eigentlich plötzlich so nervös?

»Können wir weiterfahren? Mir ist kalt«, quengelt Norah.

»Ja, ja«, sagt Liam, aber er rührt sich nicht vom Fleck, sondern sagt zu mir: »Du bist Deutsche, hast aber einen irischen Akzent. Wie kommt das?«

»Meine Mutter und meine Großmutter stammen aus Dublin.«

Seine Augen leuchten auf. »Meine Vorfahren stammen aus Fair Isle. Das ist in Schottland, ziemlich weit im Norden. Allerdings war ich da noch nie.«

»Schottland kenne ich auch nicht, aber ich bin ab und zu in Dublin, weil da meine Tante wohnt. Meine Großmutter lebt allerdings schon seit dreißig Jahren in Brooklyn. Sie und mein Großvater sind hierher ausgewandert. Sie hatten ein kleines Hotel mit einem Restaurant, drüben in Williamsburg.« Ich deute nach Osten in Richtung Brooklyn.

»Und jetzt haben sie es nicht mehr?«, fragt Liam.

»Mein Großvater ist schon lange tot, deshalb führt meine Grandma es inzwischen allein. Jetzt, über die Feiertage, ist viel zu tun, deshalb bin ich heute allein hierhergekommen«, erkläre ich, geradeso als müsste ich mich dafür entschuldigen, dass ich allein hier bin. »Und weil sie Manhattan nicht mag«, setze ich hinzu. »Sie ist manchmal ein bisschen schrullig.«

Norah scheint sich zu langweilen, sie umkreist uns wie ein Trabant und singt in einem fort: »Liam und Lexi, Liam und Lexi ...«

»Ich kann deine Grandma gut verstehen«, sagt Liam. »Ich bin auch nur hier, weil dieser kleine Quälgeist unbedingt im Central Park Schlittschuh laufen wollte.«

Unsere Blicke begegnen sich und ich spüre, wie meine Wangen noch röter werden.

»Liam und Lexi sind verlie-hiebt!«, treibt es Norah auf die Spitze.

Ich schmunzle verlegen vor mich hin.

»Es reicht, Norah!«, sagt Liam. Die Kleine zieht eine Schnute und verstummt. Liam wendet sich wieder an mich: »Und? Wie gefällt es dir hier?«, fragt er.

»Gefallen?«, wiederhole ich mit weit aufgerissenen Augen, und schon bricht es aus mir heraus: »New York ist die tollste Stadt der Welt. Mir kommt so vieles vertraut vor, aus den ganzen Filmen ... Aber wenn man dann da ist, ist es trotzdem ganz anders. Es ist, als würde hier, auf diesem Fleck, die ganze Welt zusammenkommen.« Wenn ich enthusiastisch werde, neige ich zum Herumfuchteln, und auch jetzt illustriere ich meine Worte mit einer weit ausholenden, »die ganze Welt« umfassenden Geste. Dabei kreuzt mein ausgefahrener Arm die Laufbahn des Inders mit dem Turban, der, shit happens, genau in diesem Augenblick nah an mir vorbeifährt. Er gerät ins Taumeln und reißt im Fallen vier Chinesen um, die gerade für ein Selfie posieren. Ehe ich »ups« sagen kann, liegen fünf Menschen ineinander verknäult auf dem Eis, während ich erschrocken meine Handschuhe auf meinen Mund presse. Was habe ich da wieder angerichtet?

Liam blickt für einen Moment verblüfft auf das Menschenknäuel, dann lacht er leise in sich hinein, während Norah ungeniert losprustet.

Verschämt ziehe ich meinen Schal tiefer ins Gesicht. Am liebsten würde ich ganz darin verschwinden. Gleichzeitig spüre ich Liams Hand durch die dicke Jacke auf meiner Schulter.

»Los, nichts wie weg«, flüstert er mir zu, und schon hat er mich untergehakt und wir bewegen uns übers Eis. Ich bin so darauf konzentriert, nicht wieder hinzufallen, dass ich mich lieber nicht an der Unterhaltung zwischen Norah und Liam beteilige. Es schadet bestimmt nichts, wenn ich mal meinen Mund halte. So laufen wir drei Runden. Ich genieße es, und mit Liam, der mich festhält, klappt es auch schon gleich viel besser. Ich habe klammheimlich meine Mütze ausgezogen und in die Tasche meiner Jacke verschwinden lassen, damit meine Haare ein bisschen im Fahrtwind wehen. Mein Haar ist nämlich das Schönste an mir, wie ich finde. Es fällt mir über die Schultern, ist kräftig und haselnussbraun mit einem Stich ins Rötliche. Der Fahrtwind kühlt meine Wangen und jetzt fühle ich mich wirklich wie eine Eisprinzessin. Ich bin glücklich. Von mir aus könnte es ewig so weitergehen.

»Ich will was essen«, quengelt Norah.

»Dann hol dir was«, sagt Liam.

»Nein, du musst mitkommen!«

»Gleich, mein Schatz. Lass uns noch etwas fahren, okay?«

Wir schaffen es noch eine Runde, aber dann rüttelt Norah an Liams Arm wie an einem Glockenseil. »MIR! IST! KALT!«

Ich hätte mich schrecklich gern noch mit Liam mit den grünen Augen unterhalten. Etwas mehr über ihn zu erfahren erscheint mir auf einmal ganz furchtbar wichtig. Aber Liam zuckt bedauernd mit den Achseln und meint, er müsse seinem Babysitter-Job nachgehen.

»Schon gut, ich brauche auch eine Pause«, sage ich.

Ich muss mich wirklich kurz hinsetzen, denn meine Knie zittern und mir ist auf einmal so komisch im Magen. Vielleicht sollte ich einen von diesen Energieriegeln essen, die Grandma mir eingepackt hat. Eigentlich könnte Liam mich ruhig fragen, ob ich mitkomme, denke ich.

»Okay«, sagt Liam. »Wir sehen uns bestimmt nachher noch.«

»Ja, sicher«, sage ich und versuche, nicht enttäuscht auszusehen.

Er lächelt mir noch einmal zu, ich lächle zurück und winke Norah, die mir sogar eine Kusshand zuwirft, hinterher. Dann gleiten die beiden Hand in Hand übers Eis davon.

Vorsichtig bewege ich mich an der Bande entlang zum Ausgang und finde wie durch ein Wunder ein Plätzchen auf einer der Bänke, die nah bei der Bahn stehen, sodass ich nicht extra die Schlittschuhe ausziehen muss. Das spanischen Pärchen neben mir, das eben noch herumgeknutscht hat, wäre bestimmt lieber für sich geblieben, das signalisieren mir ihre Blicke überdeutlich. Aber ich kann jetzt keine Rücksicht auf die Befindlichkeiten Frischverliebter nehmen. Außerdem habe ich inzwischen gelernt, dass man in dieser Stadt um alles kämpfen muss: um ein Taxi, einen Tisch im Restaurant, einen Platz auf einer Bank.

Andere Leute fotografieren, ich zeichne. Okay, hin und wieder mache ich auch mal ein Foto, aber nicht ständig wie die anderen Touristen. Für meinen Aufenthalt in New York habe ich mir extra ein handliches Skizzenbuch mit einem coolen schwarzen Einband gekauft. Es ist schon ziemlich voll. Zum Teil mit bekannten Motiven wie dem Times Square und dem Flat Iron Building, der Brooklyn Bridge von unten, den Blicken auf Manhattan und Brooklyn beim Überqueren der Brooklyn Bridge. Die meisten Zeichnungen sind auf der High Line entstanden, einer ehemaligen Hochbahntrasse, die durch den sogenannnten »Meatpacking District«

führt. Der Blick in die Hinterhöfe, die sonst verborgen sind, war so spannend, dass ich immer wieder anhielt und eine Skizze nach der anderen zeichnete. Außerdem ist die High Line üppig begrünt, und die vom Frost erstarrten Pflanzen waren so schön, dass ich mir wünschte, im Sommer da zu sein – dann soll es dort aussehen wie im Dschungel.

Ich habe mich ein wenig verzettelt, indem ich mich tagelang durch Stadtteile wie Chelsea oder Soho treiben ließ und quasi alles zeichnete, was mir in den Blick kam; einen besonders schönen Baum, eine Hausfassade, Wände voller Graffitti, eine Statue, ein Schaufenster, einen Dog Walker, der einen ganzen Strauß Hunde vor sich herführt ... An Motiven mangelt es hier wirklich nicht.

Weil ich Pflanzen so gern mag, waren Grandma und ich vorgestern im Botanischen Garten von Brooklyn und danach noch im Brooklyn Bridge Park. Dort habe ich Skizzen von Jane's Carousel gezeichnet, einem alten Karussell mit wunderhübschen Holzpferden – und wäre es nicht schon wieder so kalt gewesen, hätte ich bestimmt alle 48 Pferde einzeln skizziert.

Jetzt sind nur noch vier Tage Zeit bis zum Heimflug, deshalb muss ich mich langsam beeilen, um noch ein paar der Standard-Sehenswürdigkeiten abzuklappern, solche, die man gesehen haben *muss*.

Ich ziehe meine Handschuhe aus und werfe eine Skizze von der Bahn und den himmelwärts strebenden Gebäuden im Hintergrund aufs Papier. Ich bin nicht so wie sonst bei der Sache, weil ich immer wieder nach Liam Ausschau halte. Doch ich kann ihn und Norah nirgends entdecken, weder auf dem Eis noch bei den Fressbuden. Auf einmal ertappe ich mich dabei, wie ich auf einem neuen Blatt Liams Gesicht zeichne. Durch das viele Zeichnen bin ich es gewohnt, genau hinzusehen, und unsere kurze Begegnung hat ausgereicht, um mir seine Züge einzuprägen: kräftige, geschwungene Brauen, ein breiter Mund, das Kinn etwas kantig. Bei der Nase bin ich mir unsicher. Im Grunde müsste ich sie mir noch einmal ansehen. Meine Blicke suchen die Eisfläche ab. Weit und breit kein Liam zu sehen, und auch kein rothaariges Mädchen mit weißer Mütze. Sind sie schon gegangen? Vielleicht wollte die Kleine nicht mehr eislaufen, weil ihr kalt war, und sie sind schon auf dem Weg nach Hause. Irgendwo in Brooklyn. Ich seufze. Schade, aber so ist das eben in einer so riesigen Stadt. Man trifft sich, man verliert sich ...

»So spitz ist meine Nase aber nicht!«

Erschrocken fahre ich herum. Liam steht hinter mir und grinst, während ich flammend rot anlaufe. Gleichzeitig erfüllt mich eine irrwitzige Freude darüber, dass er noch nicht weg ist.

»Du zeichnest gut«, bemerkt er.

»Jedenfalls kann ich das besser als Schlittschuh laufen«, antworte ich und klappe dabei rasch das Buch zu. Ich weiß nicht, was ich sagen soll. Was denkt er jetzt von mir?

Er streckt mir einen dampfenden Pappbecher entgegen. Darin ist eine kirschfarbene Flüssigkeit, die nach künstlichen Fruchtaromen riecht und wohl so eine Art Punsch sein soll.

»Ich dachte, du könntest etwas zum Aufwärmen gebrauchen.«

»Danke«, presse ich hervor und spüre, wie mein Gesicht

warm wird. Ich umfasse den Becher. Wärme strömt durch meine klammen Finger. »Wo ist Norah?«

»Holt sich einen Hotdog. Darf ich?« Er deutet auf die Bank.

»Ja, klar«, sage ich hastig. Das Pärchen neben mir ist zum Glück gerade aufgebrochen. Liam hat jetzt braune Stiefel an. Wahrscheinlich hat er für heute mit dem Eislaufen abgeschlossen und die Schlittschuhe schon beim Verleih zurückgegeben.

»Wo waren wir stehen geblieben?«, fragt Liam und fährt im selben Atemzug fort. »Ach ja, du bist begeistert von New York und findest es ... mitreißend.«

Die boshafte Anspielung entgeht mir nicht, und prompt habe ich die Chinesen vor Augen, die umkippen wie die Dominosteine. Ich fange an zu lachen, Liams Humor gefällt mir.

»Mitreißend in jeder Beziehung«, betätige ich grinsend und wechsle das Thema. »Das letzte Mal war ich vor vier Jahren hier, da war ich immer mit meiner Mutter unterwegs. Es ist etwas völlig anderes, wenn man die Stadt auf eigene Faust kennenlernt.«

»Und es stört dich gar nicht, allein unterwegs zu sein?«, will Liam wissen.

»Überhaupt nicht«, antworte ich. »Es ist toll, weil ich auf diese Weise machen kann, was ich will. Beim letzten Mal war ich ja noch ein Kind und durfte noch nichts allein unternehmen.«

»Und jetzt bist du natürlich voll erwachsen«, sagt er vielsagend und ich muss schon wieder lachen.

»Und du? Wie alt bist du?«, frage ich.

»Neunzehn«, antwortet Liam und bemerkt dann: »Du hättest dir eine wärmere Jahreszeit aussuchen können.«

»Ja, das habe ich mir auch gedacht, als ich die High Line entlanggegangen bin«, antworte ich. »Das muss im Sommer ein Paradies sein.«

»Du warst auf der High Line? Gute Wahl, die ist wirklich super. Ich bin im Sommer ganz oft da.« Liams Augen strahlen vor Begeisterung. »Warst du schon im Whitney Museum of American Art?«

»Natürlich, gleich hinterher. Aber ich musste am nächsten Tag noch mal hin, weil ich beim ersten Mal mit Anschauen gar nicht fertig geworden bin.«

»Das kann ich gut verstehen. Es ist mein absolutes Lieblingsmuseum«, gesteht Liam. »Und im Winter ist es da wenigstens warm.«

»Die Kälte macht mir gar nichts aus«, antworte ich und gerate schon wieder ins Schwärmen. »Die Stadt ist einfach irre. So vielseitig! Wenn ich hier unterwegs bin, denke ich jeden Augenblick, dass gleich etwas völlig Unerwartetes, Spannendes und Großartiges passieren könnte.« Ich unterbreche mich und beiße mir auf die Lippen. Verdammt, Lexi, geht's vielleicht noch uncooler?

Liam muss prompt lachen und sagt: »Das ist ja die reinste Liebeserklärung.«

»Ja, ich weiß, ich bin eine hoffnungslose Provinzlerin«, seufze ich.

»Keine Sorge, so wirkst du gar nicht«, beteuert Liam. Seine sehr grünen Augen suchen und finden meinen Blick. Dann sagt er: »Es ist ja auch schon etwas Großartiges passiert: Wir haben uns getroffen.«

Seine Worte haben zur Folge, dass mein Herz gegen meinen Brustkorb hämmert, als hätte ich gerade einen Sprint absolviert. Noch immer sehen wir uns an, bis ich es nicht mehr aushalte und den Blick abwende. Ohne darüber nachzudenken, sage ich: »Dabei wäre ich beinahe gar nicht gekommen.«

»Wie meinst du das?«

»Na ja, eigentlich wollte meine Mum mitkommen. Aber sie hat plötzlich einen ganz wichtigen Mandanten bekommen und muss über Weihnachten Akten wälzen. Sie ist Anwältin. Nach einigem Hin und Her hat sie mich dann doch alleine herfliegen lassen.«

Alexa Flanagan, du redest zu viel! Dieser Liam will bestimmt nur Small Talk machen und sich nicht deine Familiengeschichte anhören.

Aber Liam will es anscheinend doch wissen. »Was ist mit deinem Vater?«, fragt er.

»Er ... wir sehen uns nicht so oft. Meine Eltern waren nie verheiratet«, füge ich hinzu. »Nicht so oft« ist stark untertrieben. Das letzte Mal ist schon Monate her, und es war, als würde ich einem Fremden begegnen. Mein Vater sagt zwar immer, dass ich ihn jederzeit besuchen kann, aber dieses »jederzeit« wird von ihm nie konkretisiert. Und irgendwie habe ich auch gar keine Lust dazu.

»Bist du sauer auf deine Mutter, weil sie nicht mitgekommen ist? Oder traurig?«

»Nein, ich versteh das«, sage ich. Das mit dem neuen Mandanten ist allerdings nur die halbe Wahrheit, der offizielle Grund, den Mum mir genannt hat. Aber was wirklich dahintersteckt und meine unguten Gefühle deswegen gehen diesen Jungen, den ich gerade mal seit ein paar Minuten kenne, nun wirklich nichts an.

»Ich weiß, wie das ist, wenn Eltern nie Zeit für einen haben«, sagt Liam. »Ging mir auch so, als ich jünger war. Wir sind also zwei arme, vernachlässigte Kinder.« Er zieht eine traurige Grimasse und dann müssen wir beide lachen.

»Ganz schön mutig von dir, allein hierherzukommen«, sagt er dann.

»Grandma findet das auch. Sobald ich allein aus dem Haus gehe, instruiert sie mich bis ins kleinste Detail, welche Subway ich nehmen muss, worauf ich achten muss, was ich auf keinen Fall tun darf ... Als ob wir zu Hause auf den Bäumen leben würden.«

»Das liegt daran, dass alle New Yorker denken, sie seien die einzigen Menschen, die in einer *wirklichen* Großstadt leben«, erklärt Liam.

»Es war immer mein Traum, mal im Winter nach New York zu kommen, vor allen Dingen über Weihnachten«, gestehe ich. »Insofern hätte ich alles dafür getan, dass es klappt.«

»Weil du unbedingt zum Christmas-Shopping wolltest?« Ein kleiner Unterton in seiner Stimme sagt mir, dass er davon nicht allzu viel hält.

»Nein, das nicht«, sage ich. »Oder doch: Aber nicht, weil ich die Geschäfte plündern will, sondern wegen der Stimmung. Allein schon der Weihnachtsbaum vor dem Rockefeller Center! Und im Winter ist das Licht ist ganz anders, die Konturen sind viel schärfer ...«

»Und es sind weniger Obdachlose auf den Straßen«, ergänzt Liam.

Seine Bemerkung verunsichert mich. Will er mir damit sagen, dass ich oberflächlich bin und die Schattenseiten dieser Stadt ignoriere?

Ein verlegenes Lächeln huscht über sein Gesicht. »Entschuldige, das war blöd von mir. Manchmal geht mein Zynismus mit mir durch.«

»Schon okay«, antworte ich. »Klar weiß ich, dass New York nicht nur toll ist. Vor allem nicht für die Armen.«

Er nickt. Seine Bemerkung weckt in mir eine Erinnerung: »Da war ein Obdachloser, in Chelsea, der erschien mir so ... so typisch obdachlos, und gleichzeitig hatte er so etwas Stolzes an sich, wie er da inmitten seiner wenigen Habseligkeiten saß und den Leuten zuschaute, die vorbeigingen. So als ginge ihn das alles gar nichts an, als stünde er einfach über den Dingen. Jedenfalls wollte ich ihn gern zeichnen, aber nicht heimlich. Also habe ich ihn gefragt, ob ich das darf. Er war einverstanden und wollte fünf Dollar dafür. Das fand ich okay. Ich habe ihm die fünf Dollar gegeben und mein Skizzenbuch rausgeholt. Aber ich konnte nicht. Ich habe mich plötzlich geschämt, weil ich dachte, ich behandle ihn wie ein Tier im Zoo. Ich habe den Stift weggesteckt und gesagt, ich müsse los, und bin davongelaufen. Bestimmt habe ich ihn gekränkt. Ich hab die halbe Nacht darüber nachgedacht, und am nächsten Tag bin ich noch mal hin und wollte mich entschuldigen, aber er war nicht da.« Ich sehe Liam an, der mir mit ernster Miene zugehört hat. »Sorry, ich weiß nicht, warum ich dir das erzählt habe, ich wollte das eigentlich so schnell wie möglich vergessen.« Das stimmt. Der Vorfall ist mir so unangenehm, dass ich es nicht mal fertiggebracht habe, mit Grandma darüber zu reden. Warum also mit ihm?

»Ich weiß genau, wie es dir ging«, meint Liam. »Es ist so eine Sache mit den Almosen. Manchmal kann das für beide Teile demütigend sein.«

»Es sollte ja eben kein Almosen sein, sondern ein Geschäft. Ich hielt das für eine gute Idee. Dann habe ich mich allerdings gefragt, welcher Mensch, der nicht auf der Straße lebt, würde bitte schön für fünf Dollar Modell sitzen? Keiner! Da habe ich mich plötzlich so richtig mies gefühlt. Ich wünschte, ich hätte das nicht getan.«

»Zerbrich dir nicht länger den Kopf darüber, Lexi. Die Leute, die auf der Straße leben, sind ganz andere Dinge von ihren Mitmenschen gewohnt. Bestimmt hat er sich über die fünf Dollar gefreut und sich nur gedacht, dass du ein bisschen gaga bist.«

»Ist ja was Wahres dran«, murmele ich.

»Ganz sicher nicht. Du bist sensibel genug, um dich nicht von all dem Schönen hier blenden zu lassen. Du merkst es, wenn etwas nicht in Ordnung ist. Das ist toll. Wobei es nicht du bist, die nicht in Ordnung ist, sondern das System.«

»Woher willst du das wissen? Vielleicht habe ich viel größere Macken, als du meinst«, höre ich mich sagen.

»Glaub mir, ich habe einen Blick für Durchgeknallte und du gehörst nicht dazu.«

»Das beruhigt mich jetzt aber.« Wir sehen uns an und fangen an zu lachen. Dabei schwirren mir alle möglichen Gefühle durch den Magen und ich denke: Wahnsinn, dieser Junge, den ich kaum kenne, hat mich *verstanden.* Und nicht nur das. Er hat meine vagen Empfindungen in treffende Worte gefasst. Das Erstaunliche daran ist: Tatsächlich fühle ich mich jetzt nicht mehr gar so mies beim Gedanken an diese Episode.

Wenn Liam lacht, so wie jetzt, entstehen Grübchen auf seinen Wangen, die unwiderstehlich aussehen. Ich muss ihn unbedingt zeichnen, wie er lacht, denke ich, und da sagt er: »Ich bekomme übrigens noch fünf Dollar von dir.«

»Für den Punsch? Klar.«

»Nein, den spendiere ich dir. Für mein Porträt.«

»Oh, du bist so gemein!«, rufe ich und boxe ihn in die Seite, der Punsch schwappt über und schon wieder müssen wir beide lachen.

»Ich hoffe für dich, dass es noch einmal richtig schneit«, wechselt Liam das Thema. »Es gibt nichts Schöneres als New York am Morgen, wenn es über Nacht geschneit hat. Es ist dann so still, als wäre die ganze Stadt in Watte eingepackt.«

»Das wäre schön, hoffentlich sehe ich das noch.« Vor meinem geistigen Auge gehe ich mit Liam Hand in Hand durch die verschneiten Straßen. »Es muss toll sein, wenn hier alles mit Weiß überzogen ist. Es wirkt dann immer so, als würden die Häuser weiße Mützen tragen. Das fehlt noch in meinem Skizzenbuch.«

»Wo hast du eigentlich so gut zeichnen gelernt?«

»Nirgends, das konnte ich schon immer. Meine Kunstlehrerin meint, ich sei ein Naturtalent. Ist wohl etwas übertrieben, irgendein Talent hat ja wohl jeder. Dafür bin ich unsportlich und unmusikalisch. Aber seit ich einen Stift halten kann, male und zeichne ich. Es ist wie eine Sucht; sobald ich etwas sehe, was mir gefällt, muss ich es einfach zeichnen.«

»Ich finde das bewundernswert!«, meint Liam. »Es ist so besonders. So ... analog.«

»Du meinst altmodisch.«

»Nein! Oder doch – aber auf eine charmante Art. Alle hängen ständig an ihren Smartphones, nur du kritzelst was auf Papier. Eine Zeichnung, das ist etwas Einmaliges, etwas zum Anfassen, der künstlerische Ausdruck von etwas. Es zeigt, dass du dich intensiv mit den Dingen auseinandersetzt, die du siehst.«

Seine Begeisterung schmeichelt mir und macht mich gleichzeitig verlegen. Mit Lob umgehen ist auch so eine Sache, die ich nicht besonders gut beherrsche.

»Und was machst du so?«, frage ich.

»Im Moment hüte ich meine Nichte. Sonst studiere ich Politik.«

»Du willst Politiker werden?«

Er zuckt mit den Achseln. »Nicht unbedingt. Noch lieber würde ich für eine NGO arbeiten. Auf jeden Fall will ich einen Job haben, der sinnvoll ist. Und mit dem ich die Welt rette.«

»Klar, die Welt retten«, nicke ich. »Darunter geht's wohl gar nicht, oder?« Ich mag seinen Humor, stelle ich fest. Ich mag Liam überhaupt.

»Im nächsten Sommersemester will ich übrigens in Europa studieren. Vermutlich in Bologna oder Paris, so genau weiß ich das noch nicht. Vielleicht kann ich dich dann mal besuchen.«

»Klar«, sage ich. »Ist ja auch nur ein Katzensprung von Bologna und Paris nach München.«

»Das kommt auf die Perspektive an«, sagt Liam. »Das müsstest du als Künstlerin doch wissen.«

Das Wort »Künstlerin« bauchpinselt mein Ego natürlich ganz enorm. »Ich weiß, aus der Sicht von euch Amerikanern liegt in Europa alles ganz nah beieinander.«

»Tut es ja auch«, beharrt Liam. »Überleg mal – von New York nach Chicago ist es ungefähr genauso weit wie von München nach Paris, da ist man aber in einem völlig anderen Land.«

Ich lache. »Aus dieser Perspektive betrachtet, hast du natürlich recht.«

»Und was hast du vor mit deinem Leben? Willst du Kunst studieren?«, fragt er dann.

»Ich muss nächstes Jahr erst mal mein Abi machen, danach sehen wir weiter«, antworte ich ausweichend. Denn die Wahrheit ist: Ich habe keinen Schimmer, was ich nach dem Abi studieren soll, und ob überhaupt.

»Du solltest was mit Kunst machen.«

»Ja, vielleicht«, sage ich. »Aber Kunst kann manchmal auch sehr brotlos sein.«

»Ich finde immer, Träume sind dazu da, verwirklicht zu werden. Und du hast eindeutig das Talent.«

Das Kompliment geht bei mir runter wie Schokolade, aber das will ich nicht zu sehr zeigen. »Ich hab ja noch Zeit, mir das durch den Kopf gehen zu lassen«, sage ich deshalb etwas vage.

»Wann fliegst du zurück?«, fragt Liam unvermittelt.

»Am 5. Januar.«

Er langt in die Innentasche seiner Jacke und dann greift er nach dem Zeichenbuch, das ich halb unter meinen Schenkel geklemmt hatte.

»Hey!«, protestiere ich. Aber er kümmert sich nicht darum, sondern schlägt eine leere Seite auf und schreibt etwas hinein. »Meine Handynummer. Falls du Lust hast, könnte ich dir morgen gern ein paar Ecken der Stadt zeigen.«

Ich fasse es nicht. Dieser tolle Typ will sich ernsthaft mit mir treffen?

»Okay«, stottere ich nervös.

»Also abgemacht?«

»Ja klar, ich ruf dich an«, nicke ich, noch völlig perplex.

»Versprochen?«

»Ja, versprochen!« Ich schnappe mir das Buch, ehe er doch noch auf die Idee kommt, darin zu blättern. Obwohl es auch egal wäre, die peinliche Zeichnung von ihm selbst hat er ja längst gesehen. Vorsichtshalber stecke ich das Buch in meine Jackentasche.

»Gibst du mir deine Nummer?«, fragt er.

»Cheeeese«, kräht es plötzlich von hinten in mein Ohr. Norah springt wie ein Schachtelteufel hinter der Bank hervor, stellt sich mit einem rosa Handy vor uns hin und fotografiert. Oh nein! Bestimmt sehe ich auf dem Bild grottendämlich aus.

»Lass das, Norah«, sagt Liam. »Man fotografiert nicht ungefragt Leute.«

»Sorry. Aber ihr seid so ein schöööörnes Paar!«

»Oh, Norah, bitte!« Liam verdreht die Augen, während ich verlegen kichere und ihr im Stillen recht gebe. Zumindest, was den männlichen Part betrifft.

Norah steckt das Handy weg und fragt ihren Onkel mit Unschuldsblick: »Die fünf Minuten sind schon lange um. Wenn ich weitere fünf Minuten wegbleiben soll, kostet dich das noch einen.«

Liam stöhnt und hält sich die Hände vors Gesicht, während ich Norah frage: »Noch einen was? Einen Dollar?«

»Einen Cheesecake.«

»Das ist die Währung, in der ich sie besteche«, gesteht Liam.

»Kriegst du dazu auch heiße Schokolade?«, forsche ich.

»Hey! Bring sie nicht auf dumme Gedanken!«, protestiert Liam. »Außerdem handelt es sich um den besten Cheesecake von DUMBO, ach was, von der ganzen Stadt!«

»Von der ganzen Welt«, sagt Norah und fügt hinzu: »Da sind wir jeden Tag.«

»Wirklich? *Jeden* Tag?«, zweifle ich.

»Ganz ehrlich, ich schwöre«, sagt Norah und hebt zwei Finger, wozu sie extra ihre schon nicht mehr ganz weißen Wollhandschuhe auszieht.

Wir müssen alle lachen.

Jetzt, wo ich schon länger hier sitze, merke ich, wie kalt mir geworden ist. Vorhin blinzelte die tief stehende Sonne gerade noch einmal zwischen den kahlen Baumästen hindurch, jetzt ist sie verschwunden und der Frost zieht an. Ich schaue auf die Uhr und bekomme einen Schrecken. Schon halb fünf. »Ich muss nach Hause! Grandma alarmiert sonst das FBI.«

»Schade«, meint Liam, während ich meine Schlittschuhe ausziehe und in die eiskalten Stiefel schlüpfe, die ich in meinem Rucksack untergebracht hatte. »Sonst hättest du noch mit uns kommen können.«

Cheesecake. Allein beim Gedanken daran fange ich beinahe an zu sabbern. Ich merke, wie hungrig ich bin. Und ja, ich wäre verdammt gern mitgekommen. Verführerische

Vorstellung, mit den beiden in einem warmen Café zu sitzen. Das müssen wir dann eben nachholen.

Als ich die Schuhe gewechselt habe und wieder hochkomme, ist mir tatsächlich ein bisschen schwindelig. Ich muss wirklich schon total ausgehungert sein.

»Geht leider nicht«, sage ich betrübt. »Meine Grandma bringt mich um, wenn ich nicht zurück bin, bevor es dunkel wird.«

»Ruf sie doch an und sage ihr, dass es später wird«, schlägt Liam vor.

»Nein, davon hält sie gar nichts. Sie steht auf Pünktlichkeit und Zuverlässigkeit. Sie verabscheut Handys an sich, und ganz besonders Leute, die von unterwegs anrufen und sagen, dass es später wird. Das bringt sie zur Raserei.« Außerdem, fällt mir ein, rechnet sie mit meiner Hilfe. Sie hat heute Abend ein Dinner für 80 Personen zu bewältigen und ich habe versprochen, ihr beim Tischdecken zu helfen.

Wir sind beide aufgestanden.

»Okay, dann ...«, sage ich, während mein Herz schon wieder bis zum Hals hinauf klopft. »Bis morgen.«

Es entsteht ein Moment des Zögerns, ehe Liam mir einen angedeuteten Kuss auf die Wange haucht, während Norah dazu kichert.

»Wir seh'n uns!«

»Klar!«, rufe ich. »Tschüs, Norah!« Dann schnappe ich mir meinen Rucksack und eile davon, denn jetzt muss ich mich wirklich sputen, sonst ist Grandma ernsthaft sauer und lässt mich morgen womöglich nicht weg.

Ich schwebe zur U-Bahn-Station. In der Subway muss ich andauernd vor mich hin lächeln, bestimmt halten mich die anderen für eine Irre. Ich habe ein Date! Ich werde ab sofort nicht mehr allein in der Stadt herumstreifen. Liam wird mir seine Lieblingsplätze zeigen, es wird toll werden, wir werden romantische Orte aufsuchen, irgendwann wird er mich küssen, das weiß ich genau. Denn da war etwas zwischen uns. So ein Prickeln, so etwas Unsichtbares, aber doch Vorhandenes, wie Elektrizität. Doch in meine überschäumende Stimmung mischt sich schon wieder diese kleine, mahnende Stimme: *Was, zum Teufel, soll das, Lexi? Wozu willst du dich in einen Jungen verlieben, den du in ein paar Tagen verlassen musst? Was soll das bringen, außer Frust?*

Aber ich will nicht auf diese Stimme hören. Dieses Nörgelnde, Grüblerische, das muss mein deutsches Erbe sein. Ich denke immer schon drei Schritte voraus und versaue mir dadurch den Augenblick, anstatt das Hier und Jetzt einfach zu genießen. Okay, vielleicht verliebe ich mich in Liam. Und er sich vielleicht sogar in mich. Und dann werde ich leiden, wenn ich wieder zu Hause bin. Aber dazwischen liegen drei ganze, wunderbare Tage!

Ach! Wer sagt denn, dass er die ganzen Tage über für dich Zeit haben wird?

Ich weiß es einfach. Sonst hätte er nicht darauf bestanden, dass ich ihn gleich morgen anrufen soll. Es ist ihm wichtig, keine Zeit zu verlieren.

Soll ich ihm schon heute Abend eine SMS schicken? Ich könnte mich für die nette Unterhaltung an der Eisbahn bedanken. Oder ist das zu förmlich? Ach, verdammt! Ich wünschte, meine Freundin Franziska wäre hier. Die hatte schon zwei feste Freunde und etliche Dates, die kennt sich aus mit diesem ganzen komplizierten Dating-Regelwerk: wer wen wann anruft oder anchattet. Aber ich habe keine Ahnung davon. Woher auch? Der einzige Junge, in den ich ein paar Wochen lang verknallt war, war Tobias, der Sohn von Mamas Chef. Aber der hat mich überhaupt nicht beachtet, er war ja auch schon achtzehn und ich damals erst dreizehn. Jetzt denke ich kaum noch an ihn. Von den Jungs aus meiner Schule hat mich bisher noch keiner wirklich interessiert.

Aber dieser Liam, der hat alles, was man sich an einem Jungen wünscht: Er sieht super aus, er ist charmant, er ist witzig ...

Ich könnte Liams Nummer doch schon mal in mein Handy tippen, fällt mir ein. Hoffentlich hat er nicht so eine unleserliche Sauklaue wie die meisten Jungs.

Ich durchwühle meinen Rucksack. Dabei wird mir siedend heiß, aber nicht, weil ich in einer dicken Jacke in einem überheizten Waggon sitze, sondern weil ich das Skizzenbuch nicht finde. Keine Panik, sage ich mir, aber dafür ist es schon zu spät. Ich suche systematisch den Rucksack ab. Dann die Taschen meiner Jacke. Darin finde ich meine Mütze, aber kein Buch.

Nein, nein, nein, nein, nein! Das darf nicht sein, das darf es einfach nicht! Ich versuche, ruhig zu bleiben und mich zu erinnern, wohin ich es gesteckt habe, nachdem Liam es mir zurückgegeben hat. Er hat es mir doch zurückgegeben, oder? Ja, doch. Dann tauchte Norah auf ... Und wo habe ich das Buch dann hingetan? Viele Möglichkeiten gibt es ja nicht: Jackentasche oder Rucksack. Vielleicht hat die Tasche ein Loch und das Buch ist ins Futter gerutscht. Aber die Tasche hat kein Loch und die Jacke verbirgt kein Buch vor mir. Ich kippe den Rucksack über dem freien Sitz neben mir aus, schüttle und durchwühle ihn erneut, längst wissend, dass das nichts bringt. Das Buch ist etwas größer als meine Hand, so etwas verschwindet nicht in einem Rucksack.

Wenn ich das Buch in der Jacke hatte, muss es mir herausgefallen sein, als ich mir die Schuhe angezogen habe. Oder ich habe es mitsamt den Stiefeln aus dem Rucksack gezogen und es nicht bemerkt. Auf jeden Fall ist es *weg*.

In einem Anflug von Panik springe ich vom Sitz. Wenn ich an der nächsten Haltestelle aussteige und zurückfahre, sind die beiden vielleicht noch da. Oder womöglich liegt wenigstens das Buch noch unter der Bank an der Eisbahn.

Vergiss es, sagt meine innere Stimme. Ich weiß ja nicht mal, ob ich es dort verloren habe oder woanders. Es kann mir auch unterwegs aus der Tasche gefallen sein.

Du hattest deine Chance, Lexi, aber du hast es vermasselt. Du wirst diesen Jungen mit den grünen Augen nie wiedersehen. Du wirst nie mit ihm in ein Café gehen, er wird dir niemals seine Stadt zeigen. Du wirst dich nicht in ihn verlieben, es wird keinen schmerzvollen Abschied geben, keine Mails, keine Erinnerungen, außer an die kurze Unterhaltung im Park. Obendrein wird er dich für eine unzuverlässige Zicke halten, wenn er morgen vergeblich auf deinen Anruf wartet.

Eine Klaue greift nach meinem Magen und ich setze mich wieder hin. Wie das Leben so spielt ... Eben war ich noch auf Wolke sieben und total aufgekratzt, jetzt falle ich in ein dunkles Loch. Ich werde also auch die restlichen Tage in New York die meiste Zeit allein sein. Höchstens vielleicht mal in Begleitung von Grandma, aber Liam wäre mir natürlich viel lieber gewesen. Macht es überhaupt noch Sinn, durch die Stadt zu jagen und Sehenswürdigkeiten abzuklappern? Denn ab jetzt werde ich ständig daran denken müssen, wie es hätte sein können.

Ich lehne mich resigniert zurück und mache die Augen zu, aber ich kann nicht verhindern, dass unter meinen Lidern Tränen hervorquellen.

Jess' and Sofias Home of Cheesecake, DUMBO, Brooklyn

Der Laden brummt, Norah und ich bekommen mit Ach und Krach noch einen Platz. Ich habe meiner Schwester Tina Bescheid gesagt, dass wir hier sind. Ich hoffe, dass sie bald kommt und mich von Norah erlöst. Ich mag die Kleine zwar sehr, aber sie kann auf die Dauer ganz schön anstrengend sein.

»Hi, Liam, hi, Norah!« Sofia und ich küssen uns auf beide Wangen, dann lächelt sie Norah zu und fragt: »Dasselbe wie immer?«

»Ja. Und eine heiße Schokolade«, ordnet Norah an.

»Wird gemacht.« Sofia eilt davon. Ihr blonder Pferdeschwanz wippt im Takt ihrer Schritte.

»Wie alt ist Sofia?« Das will Norah zurzeit von jedem wissen.

»Zweiundzwanzig«, sage ich, obwohl ich es gar nicht so genau weiß.

»Das ist alt«, sagt Norah.

»Ja«, sage ich, in Gedanken woanders. Lexi. Die war echt süß. Diese bernsteinfarbenen Augen und die tollen, dicken Haare! Und ihr Blick ... Sie hatte irgendwie etwas Verlorenes an sich, und sie war so ... anders.

»Werdet ihr bald heiraten?«

»Nein, mein Hase, wir kennen uns doch kaum«, antworte ich abwesend.

»Aber ihr wohnt doch zusammen.«

»Was? Ach so, du meinst Sofia. Weißt du, Sofia hat nicht viel Geld, und es wäre doch nicht fair, wenn ich allein in einer großen Wohnung lebe, während andere Leute dringend eine brauchen.«

Norah scheint darüber nachzudenken, dann nickt sie und schlussfolgert: »Musst du deswegen nie bezahlen, wenn wir hier sind?«

»Du bist wirklich nicht auf den Kopf gefallen«, stelle ich fest. »Genau. Dafür, dass Sofia bei mir wohnen darf, darf ich hier essen, so viel ich will.«

»Wirklich? So viel du willst?«, vergewissert sich Norah, beeindruckt.

»Ja. Ich habe eine *Cheesecake-Flatrate.*«

Rettung naht. Meine Schwester Tina, schwer bepackt, bleibt unter der Tür stehen, nimmt die angelaufene Brille ab und schaut sich blinzelnd und suchend um.

»Lauf hin und hol sie her«, flüstere ich Norah zu. »Ohne Brille ist sie blind wie ein Maulwurf.«

Norah lotst ihre Mutter an den Tisch. Nachdem Tina ihre Brille geputzt, den Mantel ausgezogen, einen grünen Tee bestellt und die diversen Tüten um sich herumdrapiert hat, schüttelt sie ihre dunklen Locken, strahlt uns an und fragt: »Na, wie war's beim Eislaufen?«

»Liam ist verknallt.«

»Ach, wirklich?«

»Aber das ist okay, weil er und Sofia sowieso nicht heiraten werden.«

»Ach, nicht?«, fragt Tina augenzwinkernd.

Ich vergrabe kopfschüttelnd mein Gesicht in den Händen, während Sofia, die sich gerade mit einem Tablett unserem Tisch nähert, theatralisch ruft: »Hier, nimm das, du untreuer Schuft.« Sie schleudert mir den Kuchenteller hin wie einen Fehdehandschuh.

»Es tut mir leid, dass du es so erfahren musstest«, grinse ich.

»Sie heißt Lexi«, lässt Norah ihre Mutter wissen.

»Ich habe mich mit einem Mädchen unterhalten, das ist alles«, wiegle ich ab.

»So sieht sie aus.« Norah zückt ihr rosa Telefon und hält ihrer Mutter das Foto unter die Nase, das sie gemacht hat. Es ist nicht der beste Schnappschuss. Lexi hat vor Schreck Augen und Mund offen und ich blicke eher finster drein.

»Niedlich«, sagt Tina. »Ich mag ihre Wangenknochen und diese Katzenaugen ... Wie alt ist sie?«

»Sechzehn.«

»Das ist ja fast noch ein Kind.«

»Das sagst du nur, weil du bald dreißig wirst.«

Prompt geht Tina in die Luft. »Ich bin siebenundzwanzig, das ist noch meilenweit weg von bald dreißig!«

»Und ich bin neunzehn, da kann man noch nicht gerade von einem Sugar Daddy reden.«

»Na ja, nach alldem, was zuletzt passiert ist, wirkst du auf mich viel älter«, meint Tina.

»Vielen Dank auch.«

»Was ist ein Sugar Daddy?«, fragt Norah, den Mund voller Kuchen.

»Norah, sprich nicht mit vollem Mund«, mahnt ihre Mutter und sagt zu mir: »Das war ein Kompliment. Älter im Sinne von erwachsen, meinte ich.«

»Lexi ist nur zu Besuch hier. Der Altersunterschied ist also völlig egal.« Es ärgert mich, dass wir überhaupt über Lexi reden. Ich hätte es ahnen und Norah rechtzeitig bestechen müssen, damit sie dichthält.

»Mummy, was ist ein Sugar Daddy?«, insistiert Norah, nachdem sie runtergeschluckt hat.

»Äh ... einer, der zu viel Süßes isst.«

»So wie mein Dad«, kichert Norah.

»Nein, nicht so wie dein Dad!«, wehrt meine Schwester verzweifelt ab. »Ein Sugar Daddy ist ... ist einer, der so viele Süßigkeiten in sich reinstopft, dass er fast platzt.«

Ich verbeiße mir das Lachen, während Tina mich wütend ansieht und murmelt, sie hätte es gleich geahnt, dass der Umgang mit mir ihre Tochter nur verdirbt.

»Sie ist ja ganz hübsch. Aber was ist so Besonderes an ihr?«, will Tina wissen.

»Muss sie denn was Besonderes sein?«

»Für dich schon, ich kenne dich«, sagt Tina.

Ich muss lächeln, als ich mir die Unterhaltung mit Lexi ins Gedächtnis rufe. Dann versuche ich es zu erklären: »Sie ist so natürlich. Nicht so cool und immer auf einen geistreichen Spruch aus wie die Frauen hier. Sie wirkt sehr ehrlich, irgendwie echt. Sie erzählt alles, was ihr gerade durch den Kopf geht. Und dabei hat sie einen Wahnsinnscharme.«

»Und bestimmt ist sie übers Eis geschwebt wie eine Elfe«, ergänzt Tina.

»Na ja, so ähnlich.«

»Sie hat fünf Chinesen umgeworfen«, verrät Norah und fuchtelt dabei mit ihrer Kuchengabel in der Luft herum, um das Ganze auch optisch zu demonstrieren.

»Vier Chinesen und einen Inder, wir wollen schon korrekt sein.«

Meine Schwester runzelt die Stirn. »Ist sie Rassistin oder Wrestlerin? Norah, nimm die Gabel runter, du erstichst sonst noch jemanden.«

»Das war ein Missgeschick«, kichere ich. »Sie wirkt manchmal ein bisschen ... chaotisch.«

»Wo kommt sie denn her, deine neue Traumfrau?«

»Deutschland. Sie ist nur noch ein paar Tage da.«

»Aaah.« Tina lächelt wissend. »Jetzt kapiere ich es.«

Es nervt, wenn sich meine Schwester aufspielt, als wäre sie meine Mutter. Wir waren als Kinder viel auf uns selbst gestellt, während unsere Eltern Karriere machten. Tina und ich wurden von einer langen Reihe europäischer Au-pair-Mädchen erzogen, was zumindest den Vorteil hatte, dass wir dabei Fremdsprachen lernten. Nicht, dass wir heute in fünf Sprachen perfekt wären, aber ein bisschen etwas ist hängen geblieben. »Was kapierst du?«, frage ich misstrauisch.

»Der Herr gönnt sich ein amouröses Abenteuer, dessen Dauer von vornherein begrenzt ist. Sehr schlau. Ich habe mich eh schon gewundert ...«

»Was redest du denn da?«, unterbreche ich sie gereizt.

Meine Schwester sieht mich mit ihren blauen Gletscheraugen an, als wollte sie mich durchbohren. »In Wirklichkeit willst du gar keine feste Beziehung, nicht wahr? Du hättest ja auch gar keine Zeit dafür. Da ist die Uni, da sind deine Projekte und deine politischen Ambitionen ...«

Jetzt werde ich sauer. »Herrgott, ich kann doch mal ein Mädchen einfach nur mögen. Was daraus wird, muss ich ja nicht schon nach einer halben Stunde entscheiden. Außerdem kann ja nicht jeder mit zwanzig schon verheiratet sein«, füge ich hinzu.

»Autsch!« Tina presst die Lippen zusammen.

Zugegeben, das war unfair von mir. Tina ist mit neunzehn von ihrem ehemaligen Highschool-Englischlehrer schwanger geworden, der fünfzehn Jahre älter ist als sie. Daraufhin hat sie Norah zur Welt gebracht und ihren Greg geheiratet. Die beiden sind nach Little Falls gezogen, um dort, in der Kleinstadt, ganz neu anzufangen. Tina und ich mögen uns sehr, aber unsere Leben könnten unterschiedlicher nicht sein. Was wir gemeinsam haben, ist, dass wir beide eine Enttäuschung für unsere Eltern sind, wenn auch jeder von uns auf seine eigene Art.

»Sorry, so war das nicht gemeint«, lenke ich ein.

»Ich weiß.«

»Außerdem könnte sie doch so etwas wie der Plot-Point in meinem Leben sein. – Was gibt's da zu lachen?«

»Nichts«, lacht Tina. »Nur, dass du dich anhörst wie ein Mittvierziger in der Midlife-Crisis. *Plot-Point!* Mit neunzehn sollte dein Leben eine einzige Folge von Plot-Points sein!«

»Eben hast du gesagt, dass ich viel älter wirke. Was gilt denn nun?«

Tina winkt ab und meint: »Vergiss es. Wenn sie nur noch ein paar Tage hier ist, musst du dich beeilen. Hast du ihre Nummer?«

»Sie hat meine.«

»Wieso hast du ihre nicht?«

»Ich weiß nicht. Sie wollte sie mir geben, aber dann kam dieser kleine Teufel da und hat uns fotografiert, und dann musste sie plötzlich nach Hause ...«

»Gott, wie romantisch! Wie bei Cinderella!« Tina verdreht die Augen. »Ich hoffe nur, sie hat keinen Schuh dagelassen, bei der Kälte.«

Mir wird das Thema allmählich unangenehm. Um sie abzulenken, frage ich: »Wie geht's Mum und Dad?«

Tina zuckt mit den Achseln. »Dad geht golfen oder seilt sich nach Washington oder New York ab, wo er wir-ahnen-schon-was treibt, und Mum gibt die Provinzdiva.«

Obwohl meine Eltern nicht begeistert darüber sind, dass Tina einen Lehrer geheiratet hat und halbtags in einer Schulbibliothek arbeitet, hat Norahs Geburt die beiden auf die Idee gebracht, ebenfalls nach Little Falls zu ziehen. »Um meiner Enkelin nahe zu sein«, wie Mum es nennt. »Um mir jeden Tag auf die Nerven zu gehen«, wie meine leidgeplagte Schwester es ausdrückt. Dad hält sich allerdings öfter in New York auf – es geht das Gerücht, dass er hier eine Geliebte hat.

»Schau mal, Mama, der da sieht aus wie Liam!«

Während ich mich im Café vergeblich nach meinem Doppelgänger umsehe, beugt sich Tina über den Tisch und versucht hinter Norahs Haarvorhang zu schielen, der über ein kleines Buch fällt, in dem Norah blättert. »Was hast du da? Ist das ein Malbuch?«

»Ich hab's gefunden.«

»Lass mal sehen!« Norah richtet sich auf und dreht das Buch um. »Das sieht dir wirklich ähnlich, Liam, schau mal!«

Beim Anblick der Zeichnung durchzuckt es mich wie ein Stromschlag. »Nein! Das darf doch nicht wahr sein, verdammt!« Ich reiße Norah das Buch aus der Hand.

»Gib das her, das ist meins!«, protestiert Norah und greift nach dem Buch, aber ich halte es in die Höhe und blaffe sie an: »Das ist überhaupt nicht deins! Wo hast du das her?«

Statt einer Antwort fängt Norah an zu weinen und Tina geht wie eine Furie auf mich los: »Sag mal, spinnst du? Musst du sie so anfahren?«

»Ja, muss ich!«, antworte ich, außer mir vor Wut. »Sie hat nämlich alles ruiniert! Das Buch gehört Lexi! Darin steht meine Telefonnummer.«

»Ich hab's doch nur gefunden«, schluchzt Norah. »Ich hab's ihr nicht weggenommen.«

»Schon gut, mein Schätzchen, schon gut. Liam hat's nicht so gemeint.« Tina eilt um den Tisch herum an die Seite ihrer Tochter und nimmt sie tröstend in den Arm, während sie mich über Norahs Kopf hinweg anfunkelt, als wollte sie mir gleich die Kuchengabel in den Hals rammen. Aus Erfahrung weiß ich, dass man sich mit Müttern besser nicht anlegt, deshalb sage ich zu Norah: »Hey, tut mir leid, Hase. Es war nur ... es ist sehr wichtig. Sagst du mir, wo du das Buch gefunden hast?«

Norah hat wieder Oberwasser und stellt meine Geduld auf eine harte Probe, indem sie erst noch eine Weile herumschnieft und dann auf einer heißen Schokolade mit ganz viel Sahne besteht – die ich sofort für sie hole. Über den Sahneberg hinweg erklärt Norah schließlich gnädig: »Es hat unter der Bank gelegen, wo ihr gesessen habt. Aber als ich es gesehen habe, war Lexi schon eine ganze Weile weg. Krieg ich jetzt mein Buch zurück?«

»Nein«, sage ich. »Und es ist nicht *dein* Buch.«

Schon gräbt sich die berühmte Trotzfalte zwischen ihre porzellanblauen Augen. »Aber ich hab's gefunden!«

»Das ist nicht dasselbe. Du bekommst es später wieder, aber lass es mich erst mal durchblättern.« An Tina gewandt, füge ich hinzu: »Nicht, dass da noch obszöne Zeichnungen drin sind.«

Tina reißt erschrocken die Augen auf. »Norah-Schätzchen, dein Onkel Liam hat vollkommen recht! Wer weiß, ob die Zeichnungen alle kindertauglich sind!«

The Horse and Jockey, Williamsburg

Der Zeitgeist ist über Grandmas Hotel hinweggefegt, ohne dort signifikante Spuren zu hinterlassen. Wohlwollend könnte man das Ambiente *retro* nennen, nüchtern betrachtet muss man sagen: Der alte Kasten hat schon bessere Tage gesehen. Dass das *Horse and Jockey* dennoch die meiste Zeit des Jahres ausgebucht ist, verdankt es wahrscheinlich nur der Tatsache, dass Brooklyn in den letzten Jahren ziemlich hip geworden ist, die Hotelpreise auch hier angezogen haben und Grandma immer noch Skrupel hat, mehr als hundert Dollar für die Nacht zu verlangen. Die Einrichtung der zwanzig Zimmer und des kleinen Restaurants stammt aus den frühen Neunzigern, genau wie das Stammpersonal auch, und das Wi-Fi, dessen Installation Grandma vor drei Jahren widerstrebend veranlasst hat, funktioniert nur in der Halle vor der Rezeption wirklich gut. Das Restaurant ist nur selten voll. Dazu ist die Konkurrenz rundherum einfach zu groß, und die traditionelle irische Küche, an der Grandma und ihr Koch, Mr Costello, seit dreißig Jahren kompromisslos festhalten, liegt derzeit einfach nicht im Trend. Wahrscheinlich wäre Mr Costello längst arbeitslos, wenn nicht die Alteingesessenen aus der Nachbarschaft ab und zu herkämen, um Hochzeiten, Taufen oder Beerdigungen mit einem Essen im *Horse and Jockey* abzurunden.

Heute war es eine Beerdigungsfeier für achtzig Gäste und ich durfte ausnahmsweise Grandma beim Servieren zur Hand gehen. Sonst will Grandma nicht, dass ich im Hotel arbeite. »Du hast kein Gesundheitszeugnis, ich komme in Teufels Küche, wenn eine Kontrolle auftaucht.« Doch ihre Bedienung, Mrs Sweeney, hatte kurz vor sechs, gerade als ich abgehetzt die Halle betrat, angerufen und unter Tränen ihr Kommen abgesagt: Sie habe sich beim Aussteigen aus dem Bus den Knöchel verstaucht.

»Typisch!«, sagte Grandma stinksauer zu Saul Brody, ihrem Nachtportier und Mädchen für alles. »Sie hat mich schon früher hängen lassen!«

»Wann denn?«, hat Saul gefragt.

»Im August 2003.«

»Aber, Martha, da war doch der große Stromausfall! Da sind auch keine Gäste gekommen, weil die Subway gesperrt war.«

»Und? Ist das vielleicht eine Entschuldigung? Es gibt doch nichts Schlimmeres als unzuverlässiges Personal!«

Saul und ich haben uns nur angesehen und Saul hat mir dabei zugezwinkert. Ich mag Saul, ich wünschte, er wäre mein Großvater, obwohl ich dann wohl etwas anders aussehen würde. Er ist ein dunkelhäutiger Mann in den Siebzigern mit den sanftesten Augen, die ich je gesehen habe. Sein Rasierwasser duftet nach Zedernholz, und er trägt stets Anzug und Krawatte und blitzblank geputzte Schuhe, außer wenn er mal wieder den Klempner oder den Maler ersetzen muss.

Vor lauter Ärger über Mrs Sweeney hat Grandma nichts zu meiner Verspätung gesagt und schien auch nichts von meinem Kummer zu bemerken. Vielleicht dachte sie, dass ich einfach nur das passende Gesicht zur Trauerfeier mache. Allerdings habe ich irische Trauerfeiern unterschätzt. Seitdem das Essen vorbei ist, fließen Guinness und Whiskey und es wird immer lauter und fröhlicher. Ein alter Trunkenbold erzählt seit einer halben Stunde schlüpfrige Witze, und gerade eben sagte Grandma zu mir, sie schaffe das jetzt schon alleine. »Ab ins Bett mit dir, und danke für die Hilfe!«

Ich habe aber noch keine Lust, mich in mein winziges Zimmer unterm Dach zu begeben, wo man wegen der Kälte nicht viel anderes tun kann, als im Bett zu liegen. Selbst beim Lesen bekommt man kalte Finger. Nicht, dass Grandma ihr Hotel nicht heizen würde. Im Gegenteil, die Heizanlage – ein furchterregendes Ungetüm, das zu bändigen und am Laufen zu halten als Einziger Saul Brody in der Lage ist – läuft auf Hochtouren. Wenn es in der Halle still ist, so wie jetzt, hört man es im Keller knattern und hämmern, und der Dampf, den das Monstrum erzeugt, zischt lautstark durch die Rohre, die das alte Gemäuer wie Adern durchziehen. Auch der Heizkörper in meinem Zimmer ist Teil dieses verschlungenen Systems, er gluckst und gluckert Tag und Nacht vor sich hin und wird dabei immerhin lauwarm. Was aber nicht ausreicht, um in dem schlecht isolierten Dachzimmer wirklich Wärme entstehen zu lassen. Deshalb sitze ich lieber bis zum Schlafengehen an meinem Lieblingsplatz: dem großen Ohrensessel in der Lobby. *The hall,* wie meine Großmutter den Eingangsbereich ihres Hotels zu nennen pflegt, ist das Aushängeschild vom *Horse and Jockey*. Für ein Hotel, das nur zwanzig Zimmer hat, ist die

Lobby recht großzügig dimensioniert. Sie hat einen Boden aus dunklen, knarzenden Eichenholzdielen und man findet hier ein paar wirklich schöne Antiquitäten: einen verschnörkelten Garderobenständer, einen Bücherschrank mit ledergebundenen Klassikern, ein großes, ledernes Sofa und eine Kommode aus Kirschholz, auf der die Bronzeskulptur eines Rennpferdes mit einem Reiter steht – Horse and Jockey. Eine Glasvitrine beherbergt hauchdünnes Porzellan, das nie benutzt wird, der Empfangstresen hat Intarsien und die Platte ist aus grünlichem Marmor. Schwere Vorhänge verhüllen das große Fenster zur Straße. Auch der Ohrensessel aus leicht abgewetztem rotem Samt ist antik. Zu Grandmas Missfallen habe ich ihn neben den Tresen geschoben, damit ich mich nicht brüllend mit Saul unterhalten muss. Allerdings habe ich bis jetzt nicht viel gesagt. Dieser Liam geht mir nicht aus dem Kopf. Was wird er wohl von mir denken, wenn ich mich nicht melde? Vielleicht gar nichts, versuche ich mich zu trösten. Womöglich wäre es ihm sogar unangenehm. Die New Yorker sind oft sehr freundlich und verbindlich, meinen das aber nicht immer ernst.

»Die junge Lady ist heute auffallend still«, bemerkt Saul nach einer Weile. Sonst muss ich immer lächeln, wenn er mich *junge Lady* nennt, aber heute ist mir nicht danach.

»Ich bin müde.«

Seine Augen ruhen eine Weile auf mir, aber es ist nicht der sezierende Blick, den Grandma und meine Mutter so gut draufhaben, sondern er sieht aus, als wüsste er genau Bescheid darüber, was in mir vorgeht und wie ich mich fühle. Aber er sagt nichts, sondern vertieft sich wieder in sein *New York Times Magazine*. Um diese Zeit ist an der Rezeption nichts los, doch Saul würde es sich nie erlauben, seinen Posten zu verlassen, ehe nicht alle Gäste ihre Schlüssel abgeholt haben und in ihren Zimmern sind. Erst dann legt er sich auf das Sofa, das nebenan im Büro steht.

Ich schreibe meine tägliche Mail an meine Mutter, die heute ziemlich knapp und nichtssagend ausfällt: *War eislaufen, es ist kalt, habe Grandma beim Servieren geholfen, hab dich lieb, bis morgen, ciao, Lexi.*

Dann klappe ich den Laptop zu und plötzlich merke ich, wie mir eine Träne die Wange hinunterläuft.

»Heimweh?«, fragt Saul.

Ich schüttle den Kopf.

»Liebeskummer?« Als hätte er nur auf den richtigen Knopf drücken müssen, verliere ich die Fassung und mir laufen Tränen übers Gesicht. Perfektes Timing! Genau in dem Moment kommt meine Großmutter durch die Tür, die die Lobby mit dem Restaurant verbindet. Sie sieht erschöpft aus. Sie stützt die Hände ins Kreuz und stöhnt dabei: »Lieber Himmel, ich dachte schon, die saufen sich noch gegenseitig ins Grab.« Sie stutzt, als sie mich heulen sieht, und schaut dann Saul an. »Was ist passiert?«

»Frag sie selber«, sagt Saul. Gentleman, der er ist, kommt er um den Tresen herum und reicht mir ein blütenweißes Stofftaschentuch, das sogar gebügelt ist, sodass ich nicht wage, da reinzuschnäuzen, sondern lieber den Rotz hochziehe und mir die Tränen mit dem Ärmel abwische.

Ich weiß, dass Grandma keine Ruhe geben wird, ehe ich ihr einen Grund für die Heulerei nenne. Überraschenderweise tut es gut, von Liam und Norah zu erzählen, auch wenn ich ein paar Sachen weglasse – die Zeichnung von ihm und die Leute, die ich versehentlich umgenietet habe, solche Details tun ja nichts zur Sache. »Ich weiß nur, dass er in Brooklyn wohnt und dass seine Vorfahren von Fair Island stammen.«

»Ein Schotte!« Grandma zieht ihre linke Augenbraue hoch. »Bestimmt ist er Protestant.«

»Das ist doch so was von scheißegal!«, fauche ich genervt.

»Lexi, bitte achte auf deinen Ton!«

»Ist doch wahr!«

»Contenance, meine Damen!«, mahnt Saul.

Grandma legt mir die Hand auf einen Arm. »Was für ein Drama«, sagt sie versöhnlich. »Du solltest versuchen, diesen Jungen wiederzufinden! Sonst trauerst du womöglich dein Leben lang dieser verpassten Chance hinterher.«

Bei ihrer Bemerkung muss ich erneut aufschluchzen und greife jetzt doch nach Sauls Taschentuch. »Ich wasche es wieder«, verspreche ich.

»Lexi, vielleicht solltest du jetzt versuchen zu schlafen«, sagt Saul in einem väterlichen Ton. »Bestimmt sieht die Welt morgen schon wieder ganz anders aus.«

Das glaube ich zwar nicht, aber ich nicke und quäle mich aus meinem Sessel, denn ich merke, dass ich wirklich sehr müde bin.

»Nacht, Saul, Nacht, Gran!«

»Gute Nacht, Lexi«, sagt Grandma. »Schlaf gut. Morgen lassen wir uns was einfallen.« Seltsamerweise tröstet mich dieses *Wir* sogar ein bisschen. Wenigstens bin ich nicht mehr ganz allein mit meinem Kummer, und vielleicht fällt Grandma ja tatsächlich etwas ein.

Mit letzter Kraft schleppe ich mich in mein Zimmer hinauf. Dabei muss ich doch ganz kurz grinsen, denn auf dem ersten Treppenabsatz angelangt, höre ich, wie Grandma zu Saul sagt. »*What the fuck can we do with her?*«

Obwohl ich hundemüde bin, kann ich nicht einschlafen. Ich wälze mich hin und her und in meinem Kopf jagen sich die Gedanken.

Ja, ich fürchte, ich habe mich in diesen Liam verliebt. Ich darf gar nicht an unsere Unterhaltung denken, sonst spüre ich sofort dieses Kribbeln im Bauch. Einen Jungen wie ihn hab ich noch nie getroffen. Und auch er schien mich zu mögen. Und was mache ich daraus? Nichts! *Sonst trauerst du womöglich dein Leben lang dieser verpassten Chance hinterher.* Grandmas Worte, vielleicht ein wenig zu dramatisch, wie es ihre Art ist, haben voll ins Schwarze getroffen. Wird das wirklich so sein? Werde ich den Vorfall wirklich nie vergessen? Werde ich eines Tages heiraten, Kinder haben, Enkel vielleicht, und dann noch immer an den Jungen von der Eisbahn denken? Vielleicht. Aber der Schmerz wird dann weg sein, das hoffe ich wenigstens. Jetzt ist er aber noch da, und ich weiß nicht, wie ich die nächsten Tage überstehen soll. Am liebsten würde ich mich bis zum Abflug im Hotel verkriechen. Wäre nicht das Schlechteste.

Ich hänge gern im *Horse and Jockey* herum. Mich fasziniert, wie jede Tageszeit ihre eigene Stimmung besitzt und sich die Tätigkeiten im Tagesablauf verändern, angefangen bei der Frühstücksvorbereitung bis zum Abschließen hinter dem letzten Gast. Ich mag es zuzusehen, wenn Gäste ankommen. Wenn sie neu sind, sehen sie sich anfangs meist mit skeptischen Mienen um, aber dann lässt Grandma ihren rustikalen irischen Charme spielen, und die Leute fühlen sich wohl, auch wenn das WiFi langsam ist, die Heizkörper launisch sind und gruselige Geräusche absondern und aus der Dusche nur ein dünnes Rinnsal tropft, das, wenn man Glück hat, weder eiskalt noch kochend heiß ist. Es macht Spaß, die Touristen beim Frühstück zu beobachten, wenn sie Pläne für den Tag schmieden, der vor ihnen liegt, und die *Krawatten*, so nenne ich die Geschäftsleute, mit konzentrierten Mienen ihre Terminpläne durchgehen. Ich muss dabei oft an Mum denken, die auch häufig schon beim Frühstück in einer Akte blättert. Ich bewundere Grandma, wie sie es schafft, diesen ganzen komplizierten Apparat am Laufen zu halten. Sie ist nicht nur die Chefin, sie ist auch die Seele des Hotels, ohne sie wäre das *Horse and Jockey* nur ein alter, muffiger Kasten. Grandma trifft immer den richtigen Ton und weiß, wie man Beschwerden den Stachel nimmt. Sie meistert all die großen und kleinen Katastrophen, die der Betrieb mit sich bringt. Und was auch geschieht, sie hat immer einen Plan B.

Aber auch sie wird Liam nicht für mich herbeizaubern können.

Ja, ich würde gerne die nächsten Tage bis zu meiner Abreise hier herumlungern, aber Grandma wird das nicht dulden. Jetzt, nachdem ich sie eingeweiht habe, schon gar nicht mehr. Hundertprozentig wird sie mich morgen aus dem Haus scheuchen, damit ich mich »amüsiere«.

Noch drei Tage bis zum Abflug

DUMBO, Water Street, Liams Wohnung

Die Morgensonne scheint durch die Fenster, es wird ein strahlend schöner Tag werden. Ich lasse mir noch einen Kaffee aus dem Automaten und schlurfe zum Tisch, auf dem das schwarze Notizbuch liegt. Ich konnte es Norah gestern doch noch abschwatzen und natürlich habe ich es sofort durchgeblättert. Mir war nicht ganz wohl dabei. Es war ein Gefühl, als würde man ein fremdes Tagebuch lesen, und ich weiß genau, dass es Lexi nicht recht wäre. Aber die widrigen Umstände lassen mir keine Wahl.

Einerseits hoffte ich, etwas zu entdecken, das hilft, sie zu finden. Andererseits hatte ich ein bisschen Angst davor, auf allzu persönliche Dinge zu stoßen. Aber sowohl meine Sorge als auch meine Hoffnung erwiesen sich als vergeblich. Das Buch enthält bloß Zeichnungen, nur hin und wieder stehen ein paar Notizen darin: Eintrittszeiten, Ticketpreise oder die Abfolge der U-Bahn-Linien oder Busse, die man nehmen muss, um zu einem bestimmten Ort zu gelangen.

Während ich meinen Kaffee trinke, schaue ich mir das Buch noch einmal gründlich an. Habe ich etwas übersehen?

Auf der ersten Doppelseite hat sie in ihrer klaren, runden Mädchenschrift eine Liste angefertigt. *Locations,* lese ich in der Überschrift, gefolgt von den deutschen Worten: *die man sich* unbedingt *anschauen muss.* Die Liste enthält die üblichen New Yorker Touristenmagnete. Von einigen finden sich weiter hinten die entsprechenden Zeichnungen.

Aber Lexi zeichnet die Dinge nicht einfach nur ab, sondern sie interpretiert sie neu. Die Brooklyn Bridge hat etwas von einem Spinnennetz, das Flatiron Building gleicht einem Schiffsbug, und um es ganz deutlich zu machen, hat sie ein Paar in Titanic-Pose an die obere Kante gestellt. *Sie ist eine echte Künstlerin und sie hat auch noch Witz,* denke ich und seufze tief. Dann diese Pferde von Jane's Carousel: Sie wirken so lebendig mit ihren gebleckten Zähnen, und doch erkenne ich in ihren Augen die schiere Verzweiflung darüber, ihr Leben lang an einer Stange im Kreis fahren zu müssen. Der Park, in dem Jane's Carousel steht, ist nur wenige Blocks von meiner Wohnung in der Water Street entfernt. Ich bin dort öfter, joggen oder nur einfach so. Hätten mich Tina und Norah die vergangenen Tage über nicht so auf Trab gehalten, hätte ich Lexi vielleicht sehen können, wie sie auf einer Bank sitzt und zeichnet ... Aber wäre sie mir aufgefallen? Bestimmt. Hätte ich sie angesprochen? Vielleicht.

Es gibt auch eine zweite Liste: *Locations, die* ich *unbedingt sehen will.* Hier findet sich weniger Bekanntes, wie zum Beispiel die Skulpturen aus dem Elisabeth Street Garden, einer grünen Oase zwischen Soho, Little Italy und Greenwich Village, und die alte Synagoge in der Lower East Side. Ich erkenne bestimmte Gebäude und Perspektiven wieder, die entlang der High Line zu sehen sind. Sie scheint ein Faible für Hinterhof-Szenen zu haben, einige davon sind richtig gut. Auch die winterstarren Sträucher und Blumen hat sie toll eingefangen. Anhand ihrer Werke folge ich Lexis Spuren durch die Stadt. Sie hat einen Blick für die Besonderheit im Alltäglichen. Ein Schuhputzer. Ein fahrbarer Hotdog-Stand. Ein Hydrant. Der Hydrant ist wirklich schön, das fällt mir jetzt erst auf, obwohl ich seit Jahren täglich an Dutzenden solcher Hydranten vorbeigehe. Ob die Möwe wirklich draufgesessen hat? Es rührt mich, wie fasziniert Lexi von Dingen ist, die für mich selbstverständlich sind. Ich muss lachen, als ich erkenne, dass sie im City Reliquary in Brooklyn gewesen sein muss. Dieses absolut einzigartige Gerümpel-Gedächtnis-Haus scheint genau ihren Geschmack getroffen zu haben. Es beherbergt eine skurrile und exzentrische Sammlung von typischen NYC-»Reliquien«: alte Seltzer-Flaschen, Werbetafeln, Bilder diverser Persönlichkeiten der Stadt, eine komplette Friseureinrichtung, aber auch ganze Gebäudeteile, Freiheitsstatuetten und sogar einen vor sich hin gammelnden Schaufensterkuchen. Ob sie sich im Museumsladen auch eine original New Yorker Kakerlake aus Plastik gekauft hat, so wie ich? Genau wie ich scheint sie ein Faible für Street-Art zu besitzen: Ich erkenne zwei mit Graffiti besprühte Wände, die sich in Brooklyn befinden. Ich wäre nie auf die Idee gekommen, Graffiti abzuzeichnen, aber deren Wirkung ist ohne Farbe so anders, dass dadurch fast neue Kunstwerke entstanden sind. Dann ist da noch das Bild eines Rennpferdes, das von seinem Jockey angetrieben wird. War sie auf der Rennbahn? Weitere Pferdebilder gibt es nicht, dafür Porträts von Menschen: ein älterer Farbiger im Anzug sitzt hinter einem Tresen und liest Zeitung. Eine ältere Dame, schlank und aufrecht wie eine düstere Zypresse, betrachtet mit kritischem Blick ihr Bild in einem schnörkelig gerahmten Spiegel. Sie trägt einen Mantel mit Pelzkragen und eine Marge-Simpson-Frisur. Lexis irische Großmutter? Außerdem scheint Lexi alte Häuser, Bäume und Hunde zu mögen. Auf jeden Fall ist sie eine genaue Beobachterin und das gefällt mir. Mir gefällt überhaupt alles an ihr. Ich *muss* sie einfach wiederfinden!

Noch keine Zeichnungen gibt es von der Staten-Island-Fähre, dem Empire State Building, der Grand Central Station, dem Green-Wood Cemetery – liegt dort vielleicht ihr Großvater begraben? – und von der Eisbahn im Rockefeller Center. Will unser Supertalent etwa noch einmal eislaufen gehen oder hat sie gestern nur ihre Pläne geändert? Ich vermute Letzteres. Fast kommt es mir so vor, als hätte sie diese Touristen-Highlights die ganze Zeit vor sich hergeschoben und sich lieber in der Subkultur getummelt, und nun wird langsam die Zeit knapp. Auf einem Notizblock notiere ich:

Grand Central Station
Empire State Building
Green-Wood Cemetery
Staten-Island-Fähre

An diesen Orten wird sie vermutlich in den nächsten Tagen auftauchen. Leider kann ich mich nicht vierteilen. Ich muss mich also entscheiden, wo ich sie zuerst suchen soll.

Ich stehe auf und bleibe an der verglasten Tür stehen, die zu unserem Dachgarten führt. Seit letztem Frühjahr ist die Fläche tatsächlich ein grüner Garten. Das war mein Projekt. Die Idee mit den Hühnern hatte Sofia. Oder vielleicht auch Jess, das weiß man nie so genau. Sofia hatte früher psychische Probleme, und auch wenn es ihr inzwischen wieder gut geht, ist aus dieser Phase ihre Fantasiefreundin Jess übrig geblieben. Damit die Hühner nicht wegfliegen oder den Raubvögeln zum Opfer fallen, haben wir über ein Drittel der Dachgartenfläche ein Netz gespannt. Dünne Eiszapfen hängen jetzt daran. Der Hühnerschar ist es heute wohl noch zu kalt, sie bleiben lieber in ihrem gut isolierten Hühnerhaus, das mithilfe einer Solaranlage beheizt wird.

Ich liebe es, hier zu stehen, die Aussicht ist wirklich sensationell. Vor mir liegt der East River und dahinter die Skyline von Manhattan. Das würde Lexi sicher gefallen. Die Hühner würde sie bestimmt auch mögen, ebenso das hölzerne Hühnerhaus, das architektonisch einer typischen Südstaatenvilla nachempfunden ist, weshalb wir es Tara nennen, nach der Farm in ›Vom Winde verweht‹.

Die Wohnung – ein hundert Quadratmeter großes Loft auf dem Dach einer ehemaligen Seifenfabrik – ist der pure Luxus, so viel ist klar. Sie gehört eigentlich meinem Großvater Jacob Harris, was ein Glück ist, denn mein Vater hätte mich bestimmt rausgeworfen, wenn es seine wäre. Ich darf hier umsonst wohnen, und es vergeht kein Tag, an dem ich nicht dankbar dafür bin. Manchmal habe ich ein schlechtes Gewissen, so viel Platz zu haben, während sich andere gar keine Wohnung leisten können. Es ist etwas besser geworden, seit ich mir das Loft mit Sofia teile. Und mit Jess, falls Unsichtbare auch zählen.

Man hat mir oft vorgeworfen, ich sei mit dem Silberlöffel im Arsch geboren worden, und das stimmt wohl auch. Aber ich versuche, das Beste daraus zu machen. Ich würde wirklich gern in die Politik gehen, so wie mein Vater, denn gerade jetzt erscheint mir das dringend notwendig. Aber in diesem Land schafft es nur jemand mit viel Geld bis ganz nach oben. Leider habe ich mir den Geldhahn gerade selbst abgedreht, indem ich mich mit meinem alten Herrn angelegt habe. Dumm gelaufen.

Jetzt tritt Abraham auf die Veranda von Tara, kräht lauthals und kehrt dann gleich wieder um.

»Verweichlichte Bande«, murmele ich.

»Geh du doch da raus in die Kälte«, tönt es hinter mir.

Sofia steht in ihren Yoga-Klamotten vor dem Kühlschrank und gießt sich Orangensaft in ein Glas. Für die Inhaberin eines Cheesecake-Ladens ist sie sehr schlank. Sie kann ihren eigenen Produkten gut widerstehen, weil Jess ihr streng verbietet, davon zu naschen.

»Gibt's was Besonderes da draußen?«

»Manhattan«, antworte ich.

»Ist es noch da?«, fragt Sofia mit weit aufgerissenen Augen.

»Lass mich, ich denke nach.«

»Worüber?«

Noch gestern Abend habe ich Sofia von Lexi erzählt. Wir erzählen uns fast immer alles, was uns bewegt.

»Hier …« Ich gehe zurück an den Tisch und zeige ihr meinen Zettel. »Sie ist noch drei Tage da und da sind noch vier Ziele offen.«

»Du willst da rumlungern und schauen, ob sie auftaucht?«, kombiniert Sofia. »Musst du dich nicht um Tina und Norah kümmern?«

»Heute schon mal nicht. Ich hab geschwindelt, ich müsste mich mit einem Prof von der Uni treffen, wegen meiner Facharbeit.«

»Jess sagt, Lügen sind nicht in Ordnung, auch keine Notlügen.«

»Sag Jess, sie kann mich mal.«

Sofia hebt warnend die Augenbrauen und liest dann laut vor: »Grand Central Station, Empire State Building, Green-Wood Cemetery, Staten-Island-Fähre. Gott, die ganze Touristenkacke, bis auf den Friedhof. Da machst du doch sonst einen weiten Bogen drum.«

»Was bleibt mir denn anderes übrig?«, erwidere ich. »Das Problem ist: Wann wird sie wo sein? Es ist wie Roulette!«

»Ist es nicht. Denk doch mal ein bisschen nach. Sie wird ihre Pläne in erster Linie wovon abhängig machen?« Sofia sieht mich an wie eine Lehrerin einen besonders begriffsstutzigen Schüler.

»Keine Ahnung«, knurre ich. »Vom Wetter?«

»Bingo, Sherlock Holmes! Heute und morgen soll es noch schön und klar bleiben, danach könnte es laut Wetterbericht schneien. Also wird sie heute und morgen die Fähre oder das Empire State Building wählen. Vielleicht nimmt sie auf dem Hinweg noch die Grand Central mit. Würde ich an ihrer Stelle jedenfalls tun.«

»Hört sich vernünftig an«, muss ich zugeben.

»Vielleicht ist sie aber auch so verzweifelt, weil sie deine Nummer verloren hat, dass sie den ganzen Tag zu Hause sitzt und weint …«

»Quatsch! Vielleicht hätte sie mich sowieso nicht angerufen.«

»Doch. Hätte sie.«

»Woher willst du das wissen?«

»Schau mal in den Spiegel, Sweetie!«

»Wenn ich sie bloß nach dem Namen dieses verdammten Hotels gefragt hätte! Ich könnte mich ohrfeigen.«

»Jammern hilft nicht. Entscheide dich lieber, wo du ihr auflauern willst. Empire State oder Fähranleger.«

»Soll ich würfeln?«

»Tu einfach, was dein Herz dir sagt ...«

The Horse and Jockey, Williamsburg

Ich frühstücke an dem kleinen Fenstertisch des Restaurants. Es ist schon elf Uhr, die Hotelgäste sind längst aufgebrochen. Ich wollte früher aufstehen, bin aber erst gegen Morgen so richtig eingeschlafen und dann um halb elf wieder aufgewacht.

Grandma pflügt quer durch den Raum auf mich zu. »Bist du noch immer am Essen? Du hast Besuch!« Sie deutet auf die Tür, die zur Eingangshalle führt.

Ich sehe sie überrascht an. Für einen Moment ist da die irrwitzige Hoffnung, dass es Liam sein könnte. Vielleicht habe ich ihm doch den Namen des Hotels genannt, und er hat mich gesucht und gefunden ... Aber ich bin mir ziemlich sicher, dass ich das nicht getan habe, und warum sollte er mich jetzt schon suchen? Dennoch stehe ich auf und haste in die Halle.

Es ist Sauls Enkelin Brenda. Sie ist mit ihren Eltern über Weihnachten und Neujahr nach New York gekommen. In einem knallroten Mantel und schwarzen Fellstiefeln steht sie an der Rezeption. Vor drei Tagen hat sie ihren Großvater im Hotel besucht und er hat uns bekannt gemacht. Saul selbst ist nicht da. Sein Dienst beginnt erst um vier Uhr nachmittags.

Brenda ist siebzehn, sie trägt einen Lippenstift, der zu ihrem roten Mantel passt, und sie hat sich das Haar geglättet. Sie redet mit Agata, der jungen Polin mit dem blondierten Haar und den angeklebten Wimpern, die die Rezeption tagsüber hütet. Als Brenda mich sieht, strahlt sie mich an, als wären wir uralte Freundinnen.

Grandma tut, als wäre Brenda rein zufällig hier und würde sich ausgerechnet heute zu Tode langweilen. Offensichtlich gehört Brenda zum Aufmunterungsprogramm, das sich Grandma und Saul für mich ausgedacht haben. Es fing schon heute Morgen mit *pancakes* an, die mir Mrs Esposito, die bullige Kolumbianerin, die für das Frühstück zuständig ist, mit Ahornsirup servierte. Zubereitet wurden sie von Soon, dem koreanischen Frühstückskoch. Neben meinem Teller lag ein neues rotes Buch. »Für deine Zeichnungen«, meinte Grandma. »Du darfst dich nicht hängen lassen, kein Mann auf der Welt ist das wert.«

Das klang zwar gestern noch ganz anders, aber dennoch habe ich mich bedankt und mir anschließend zwei Pfannkuchen einverleibt, die wirklich gut schmeckten. Soon sollte ruhig öfter mal selbst einen davon essen, dann wäre er nicht so dünn wie eine Heuschrecke.

Nein, dass ich die restlichen drei Tage bis zum Abflug schmolle, hat Grandma nicht verdient. Und erst recht nicht Brenda. Bestimmt war sie alles andere als begeistert, als man ihr nahelegte, Seelentrösterin für ein Mädchen aus Europa zu spielen, das zu dämlich ist, um auf ihre Sachen aufzupassen.

»Also, was wollen wir unternehmen?«, fragt Brenda und schaut mich mit dem Lächeln einer Robinson-Club-Animateurin an.

»Mir egal«, sage ich, und damit es nicht unfreundlich klingt, setze ich hinzu: »Ich richte mich nach dir.«

»Mir ist es auch egal«, sagt Brenda.

Na super! »Ich wollte mit der Fähre nach Staten Island und wieder zurück fahren, weil man da einen tollen Blick auf die Skyline von Manhattan hat. Und die Fähre ist viel billiger als so ein Ausflugsschiff.«

Brenda runzelt die Stirn. »Können wir vielleicht was anderes machen? Mir wird auf Schiffen immer schlecht.«

»Okay, klar, kein Problem.«

»Lexi, wolltest du nicht auch noch rauf aufs Empire State Building?«, mischt sich Grandma ein.

»Ja, aber ich weiß ja nicht ...« Vielleicht hat Brenda ja Höhenangst?

»Gute Idee«, sagt Brenda. »Da war ich schon lang nicht mehr.«

Es folgen die üblichen Instruktionen meiner Großmutter, wie wir dorthin kommen, was wir beachten müssen und was wir auf gar keinen Fall tun dürfen ... Offenbar wurde Brenda vorgewarnt, denn sie hört sich sämtliche *Dos* and *Don'ts* mit einem geduldigen Lächeln an, während ich schon mal hinaufgehe in mein Zimmer und mich rasch ausgehfertig mache. Das neue Skizzenbuch lasse ich in der Schublade. Irgendwie ist mir die Lust am Zeichnen gerade vergangen.

In der Subway reden wir über Schule, unsere Clique und solche Dinge. Brenda lebt in Baltimore und wird dieses Jahr mit der Highschool fertig.

»Was machst du dann? Gehst du aufs College?«

»Ich möchte Polizistin werden.«

»Echt? Respekt!«

Alle scheinen zu wissen, was sie wollen, nur ich nicht.

Die Unterhaltung gerät ins Stocken. Es ist ein bisschen wie früher, wenn meine Mutter mich dazu verdonnerte, mit dem Kind einer Freundin oder Kollegin zu spielen. Ich weiß nicht, was ich mit ihr reden soll, uns verbindet so gut wie nichts. Wir leben auf verschiedenen Kontinenten, wir haben verschiedene Hautfarben ... *Ja, und? Dann gib dir gefälligst Mühe, sie kennenzulernen!*

Mit der Zeit tauen wir beide ein wenig auf. Auf meine direkte Frage hin gibt Brenda zu, dass sie von Saul hergeschickt wurde, um mich auf andere Gedanken zu bringen.

»Das ist nicht in Ordnung! Dahinter steckt sicher meine Großmutter. Brenda, ehrlich, wenn du andere Pläne hattest – ich komm auch allein zurecht, das hat bisher auch gut funktioniert.«

»Das macht mir gar nichts aus. Im Gegenteil, ich bin heilfroh, wenn ich mal wegkomme von meinen Eltern und meiner Großmutter, die uns den ganzen Tag rumkommandiert.«

»Das haben Großmütter offenbar so an sich«, bemerke ich.

»Glaub mir, deine ist ein sanftmütiges Lämmchen gegen meine!«

Wir kichern. Lästern über unsre Großmütter, das ist doch schon mal kein schlechter Anfang. Ich kenne Sauls Frau nicht, aber Grandma hat einmal angedeutet, dass sie ein »ziemlicher Besen« sei.

»Brenda, würde es dir was ausmachen, wenn wir erst

noch mal zum Park fahren? Ich möchte fragen, ob vielleicht jemand mein Buch gefunden und an der Kasse abgegeben hat.«

»Klar, kein Problem«, grinst Brenda. »Scheint dir ja ganz schön wichtig zu sein, das *Buch.*«

»Ja, es ist wirklich sehr wichtig, dass ich es wiederfinde.« Ich zwinge mich zu einem Lächeln. »Das Buch.«

Midtown Manhattan

Die Halle des Empire State Buildings ist dreißig Meter lang und drei Stockwerke hoch, ausgekleidet mit Marmor und im Art-Déco-Stil gehalten. Viele New Yorker Gebäude aus den Dreißigern sind ähnlich pompös ausgestattet. Mein Geschmack ist das nicht, aber ich bin ja schließlich nicht zum Sightseeing hier.

Die Frau am Informationsschalter schaut schon wieder zu mir rüber. Ein junger Typ, der sich seit einer knappen Stunde in der Eingangshalle herumtreibt, lässt bei ihr wohl so allmählich die Alarmglocken schrillen. Ich lächle ihr zu und versuche, den Eindruck zu erwecken, auf jemanden zu warten, der sich verspätet hat. Ich schaue demonstrativ auf mein Handy, so als würde ich meinen Nachrichteneingang checken, und dann wandert mein Blick wieder zum Eingang. Trotzdem ist mir klar, dass sie mein Verhalten verdächtig findet, wir leben schließlich in gefährlichen Zeiten. Ich ahne, wenn ich noch länger hier herumlungere, habe ich bald die Security am Hals. Aber hier, in der Halle, besteht einfach die größte Chance, dass ich Lexi nicht verpasse. *Falls* sie hier auftaucht. Ich könnte ihr natürlich auch draußen vor dem Gebäude auflauern, aber dort weht ein eisiger Wind, dem ich so lang wie möglich entgehen möchte.

Macht das Sinn, was ich hier mache? Ich kann doch nicht den ganzen Tag hier stehen. Das ist blinder Aktionismus, sage ich mir, am Ende werde ich noch verhaftet. Vielleicht ist Lexi schon am Morgen hier gewesen, vielleicht kommt sie erst am Abend, zum Sonnenuntergang, um den Ausblick bei Nacht zu genießen? Oder erst morgen oder übermorgen. Oder gar nicht. Vielleicht ist sie gerade auf der Fähre nach Staten Island oder ganz woanders.

Um wenigstens *irgendetwas* zu tun, beschließe ich, mit der Rolltreppe ein Stockwerk höher zu fahren und mir für alle Fälle schon mal eine Eintrittskarte für die Aussichtsplattform zu kaufen.

Ach du heilige Scheiße! Schlangen vor dem Security-Check, Schlangen an den Ticketschaltern und vor den Aufzügen. Muss ich mir das antun? Aber falls Lexi zu einem der Aussichtsdecks will, wird sie ebenfalls anstehen müssen, und dabei sehe ich sie auf jeden Fall, denn im Grunde ist es ja egal, ob ich in der Halle herumstehe oder in der Schlange der Touristen aus der ganzen Welt. Beim Anstehen für die Tickets mache ich mich wenigstens nicht verdächtig.

Nach gerade einmal anderthalb Stunden habe ich mein Ticket für das 86. Stockwerk. Die noch höher gelegene Plattform auf der 102. Etage kostet noch mal extra, und um für alle Eventualitäten gewappnet zu sein, bezahle ich auch das. Und nun? Ich muss zugeben, jetzt, wo ich so lange angestanden und fast 50 Dollar bezahlt habe, möchte ich auch rauf. Die Aussicht habe ich mir verdient. Sollte Lexi in der Zeit auftauchen, die ich oben verbringe, macht das nichts, denn sie steht ja auch erst einmal in der Schlange. Ich kann also rauffahren, mich umsehen, runterfahren und danach noch einmal die Warteschlangen checken. So bin ich auf der sicheren Seite.

Es dauert noch einmal zwanzig Minuten, ehe ich in einen der Aufzüge steigen kann. Und da passiert es: Noch während sich die automatischen Türen schließen, sehe ich Lexi, die gerade die Rolltreppe verlässt und sich genauso entgeistert umsieht, wie ich es vorhin getan habe.

»Stopp! Ich will raus! Lexi, warte auf mich!« Ich will aus dem Aufzug hechten, aber ein Kinderwagen, so groß wie ein Kreuzfahrtschiff, steht im Weg, und dann ist die Tür auch schon zu und der Aufzug setzt sich erbarmungslos in Bewegung. Scheiße, verfluchte, das darf doch nicht wahr sein! Hätte sie nicht zwei Sekunden eher auftauchen können?

Ich hypnotisiere die roten Ziffern über der Tür, die die Stockwerke hochzählen. Warum geht denn das nicht schneller? Das soll ein Hochgeschwindigkeitslift sein? Ich verfluche meine Entscheidung, hier raufzufahren. Hätte ich doch bloß unten in der Halle gewartet! Das hab ich nun von meiner Ungeduld. Ich versuche mich zu beruhigen und die Sache positiv zu sehen. Es ist alles okay, du fährst jetzt da runter und wirst sie finden, wie sie vor einem der Ticketschalter Schlange steht. Du wirst ihren Namen rufen und sie anlächeln und alles ist wunderbar. Wenn nur dieser lahme Aufzug bald ankäme!

Endlich. Als einer der Ersten springe ich aus dem Lift. Ein Windstoß, der direkt aus der Arktis zu kommen scheint, fegt mir ins Gesicht und lässt mich zusammenschaudern. Die anderen Besucher sind erst einmal mit ihren Mützen, Kapuzen und Schals beschäftigt. Ich trete ans Gitter. Der Ausblick ist umwerfend. Absolut eindrucksvoll, das Wolkenkratzermeer Manhattans ist noch mal was ganz anderes von hier oben.

Soll ich auf der Aussichtsplattform auf sie warten, anstatt gleich wieder runterzufahren? Wenn Lexi wirklich für Tickets ansteht, könnte ich mir eigentlich Zeit lassen. Ich stelle mir ihr verblüfftes Gesicht vor, wenn sie aus einem der Aufzüge steigt und mich sieht. Aber wer weiß, vielleicht bevorzugt sie bei der Kälte ja doch die kleinere Plattform im 102. Stockwerk, wo die Besucher durch eine Glasscheibe vor dem eisigen Wind geschützt sind. Das Risiko, sie zu verpassen, ist zu groß. Nein, ich will wieder runter. Lieber treffe ich sie vor den Ticketschaltern und opfere noch mal dreißig Dollar, um mit ihr zusammen ein zweites Mal hochzufahren ...

Ich suche mir einen Lift, der mich nach unten bringt. Mein Besuch des Observation Decks dürfte wohl einer der kürzesten in der Geschichte des Empire State Buildings gewesen sein. Für die Fahrt abwärts muss man glücklicherweise nicht mehr anstehen. Wieder saugt sich mein Blick an den roten Zahlen fest, und wie schon gerade eben kann ich es kaum erwarten, aus dem Lift zu kommen. Ich remple Leute beiseite und haste die Rolltreppe hinauf. Gleich werde ich Lexi in der Warteschlange überraschen.

Wir stehen im Aufzug und mein Magen hebt sich ein klein wenig. Hoffentlich sind wir bald oben, sonst wird mir noch schlecht. Außerdem bin ich nicht gern mit anderen Menschen auf engem Raum eingepfercht. Ich darf mir gar nicht ausmalen, wie schlimm es wäre, wenn der Aufzug jetzt stecken bliebe. Aber vielleicht kommt das flaue Gefühl im Magen auch daher, dass ich ständig an Liam denken muss.

Mein Buch war natürlich nicht an der Kasse und es lag auch nicht mehr unter der Bank. Sogar in einigen Papierkörben um die Eisbahn herum habe ich nachgesehen, was Brenda offensichtlich ein bisschen peinlich war. Aber wenn sie mal Polizistin werden will, muss sie sich ein dickes Fell zulegen.

Wer es wohl aufgehoben hat? Hat derjenige es womöglich weggeworfen? Es ist inzwischen früher Nachmittag und so langsam wird Liam mit meinem Anruf rechnen. Noch wird er sich nicht allzu viel denken, aber spätestens heute Abend wird er mich für eine blöde Tusse halten, für eine, die ihre Versprechen nicht hält. Das schmerzt ganz besonders: dass er mich in schlechter Erinnerung behalten wird.

Endlich, wir sind oben im 70. Stock. Die Tür geht auf, die

Menschen strömen aus dem Aufzug und dann ... »Wow!«, ist alles, was ich sagen kann. »Wow!«

Auch Brenda hat es für den Moment die Sprache verschlagen. Die Aussicht ist sensationell. Manhattan liegt uns zu Füßen. Die Autos sind so klein wie Spielzeuge, ich betrachte das Ameisengewusel auf den Straßen. Da, der Central Park! Erst von hier oben kann man erkennen, wie riesig er wirklich ist. Man sieht den See und – ich schlucke – die Eisbahn.

Jetzt hätte ich doch gern mein neues Skizzenbuch dabei. Obwohl mir beim Zeichnen sicherlich die Finger abfrieren würden. Denn die Glasscheibe schützt nicht wirklich vor dem eisigen Wind hier oben, 260 Meter über dem Boden. Stattdessen mache ich Fotos wie die anderen Touristen auch.

Brenda zieht sich den Schal vom Gesicht. »Ich finde es hier fast noch besser«, ruft sie »Hier ist man weiter nördlich, so hat man mehr von Manhattan vor sich. Schau, da drüben ist das Empire State Building.«

»Wir würden jetzt noch in der Schlange stehen. War eine gute Idee, das *Top of the Rock.*« Ich muss gegen den eisigen Wind anschreien, der meine Worte zerreißt und davonträgt.

Brenda hebt den Daumen, der in einem Wollhandschuh steckt, grinst kurz und stopft sich dann wieder ihren Schal vor den Mund.

Als wir die Schlangen an den Ticketschaltern des Empire State Buildings sahen, haben wir uns entsetzt angesehen. In der nächsten Sekunde sind wir in stillem Einverständnis auf dem Absatz umgedreht, und Brenda hat vorgeschlagen, stattdessen das *Top of the Rock*, das Aussichtsdeck des Rockefeller Centers, zu besuchen. »Da sind immer viel weniger Leute.«

Auf dem Weg dorthin sind wir aber noch eine Pizza essen gegangen, weil wir beide schrecklichen Hunger hatten.

Brenda hat recht behalten: Für das *Top of the Rock* mussten wir so gut wie gar nicht anstehen. Ich bin inzwischen froh darüber, dass Brenda sich heute für mich Zeit genommen hat. Mit ihr zusammen macht es viel mehr Spaß. Obwohl mir Liam als Gesellschaft noch lieber wäre! Ich wünsche mir so sehr, ihn wiederzusehen, dass ich schon Gespenster sehe. Vorhin, während wir entsetzt auf die Warteschlangen starrten, glaubte ich für den Bruchteil einer Sekunde, Liam in einem der Aufzüge zu sehen, ganz kurz nur, bevor sich die automatische Tür schloss. Ich frage mich, ob ich mir Sorgen um meinen Geisteszustand machen muss.

Wir machen einen Rundgang und schnattern dabei vor Kälte.

»Lass uns ein Stockwerk tiefer gehen, da sind Fenster, da weht es nicht so«, schreit Brenda gegen den Wind an.

»Gute Idee!«, rufe ich. »Hier holt man sich noch den Tod.« Es ist wirklich eisig – nicht mal am Nordpol dürfte es so kalt sein wie hier oben.

»So kalt war es nicht mal auf der Brooklyn Bridge, und da hat's schon fürchterlich gezogen. Ich kann kaum glauben, dass New York auf dem gleichen Breitengrad liegt wie Rom«, sage ich, als wir ein Stockwerk tiefer am Fenster stehen und uns langsam wieder entblättern.

»Echt, genau wie Rom?«, fragt Brenda.

Ich nicke. Dass es in Rom deutlich wärmer ist, liegt an den schützenden Alpen und am Golfstrom, der Europa wärmt, während an der Ostküste Amerikas der kalte Labradorstrom südwärts fließt. Aber ich halte meinen Mund, ich will nicht als Klugscheißerin dastehen. Ich wechsle das Thema. »Ich mag deinen Großvater sehr«, gestehe ich. »Er hat so was Vornehmes an sich.«

»Er mag dich auch. Und seinen Job. Obwohl er ihn nicht wirklich machen müsste, er ist schon längst in Rente. Aber er sagt, dass er deine Großmutter nicht alleinlassen kann mit dem Hotel. Er denkt, dass ohne ihn der Laden zusammenbricht. In Wirklichkeit, glaube ich, will er nur weg von Gran. Als Nachtportier kann er in Ruhe seinen *New Yorker* und die *Times* lesen, ohne dass sie ihm dauernd mit irgendwas in den Ohren liegt.«

»Der Ärmste«, sage ich und muss daran denken, dass meine Großmutter Martha ebenfalls ganz schön Haare auf den Zähnen hat.

»Gran ist schon okay«, meint Brenda versöhnlich. »Mein Gott, die beiden sind fünfzig Jahre miteinander verheiratet, da geht man sich schon mal auf die Nerven. Es wird hart für ihn werden, wenn deine Großmutter das Hotel aufgibt.«

»Wieso sollte sie das Hotel aufgeben?«, frage ich verblüfft.

Brenda beißt sich auf die Unterlippe und sieht mich erschrocken an. »Oh mein Gott! Habe ich jetzt was ausgeplaudert? Das tut mir leid!«

»Warum möchte sie das Hotel aufgeben?«, wiederhole ich.

»Keine Ahnung. Ich habe nur gehört, wie Grandpa mit

Gran darüber gesprochen hat. Marthas Arzt meinte wohl, sie solle etwas kürzertreten. Sie ist ja immerhin schon über siebzig.«

Ich frage mich, ob meine Mutter von diesen Plänen weiß.

»Es wäre schade um das *Horse and Jockey*«, meint Brenda.

»Ja«, antworte ich einsilbig, weil in meinem Kopf die Gedanken schwirren.

»Vielleicht kannst du es eines Tages übernehmen?«

»Ich?« Das ist ja wohl eine reichlich *crazy* Idee, finde ich. Eine, wie sie nur Amerikaner haben können. »Ich bin sechzehn«, gebe ich zu bedenken.

»Ich sagte ja: eines Tages.«

Ich stelle mir vor, wie ich anstelle von Grandma im *Horse and Jockey* das Zepter schwinge, und muss bei diesem Gedanken lachen.

»Darf ich dich was fragen?«, fragt Brenda.

»Klar.«

»Wieso ist eigentlich deine Mum nicht nach New York mitgekommen?«

»Sie ist Anwältin und hat viel zu tun.«

»Aha.«

»Und außerdem ... na ja, sie hat manchmal so Phasen, wo sie einfach mit allem überfordert ist. Dann will sie sich am liebsten von der Welt abkapseln, dann ist nichts mehr mit ihr anzufangen. Und ich glaube, es war mal wieder so weit.«

»Du meinst, sie hat Depressionen«, sagt Brenda mit sachverständiger Miene.

»Ja, so was in der Art.« Ich weiß selbst nicht, warum ich das Brenda erzählt habe. Wo ich noch nicht einmal mit

Grandma darüber gesprochen habe. Aber ich schätze, die weiß auch so Bescheid.

»Scheint ein Volksleiden zu sein«, meint Brenda. »Meine ältere Schwester hat das auch ab und zu. Die kriegt dann einfach ihren Hintern nicht hoch und findet alles nur noch ganz furchtbar. Hat deine Mum einen guten *shrink*?«, fragt Brenda.

»Einen was?«

»Einen Psychiater oder Therapeuten.«

»Ich glaube schon«, sage ich. Ich weiß, dass es hierzulande nicht nur normal ist, zum Psychiater zu gehen, sondern dass die Leute sogar darüber reden, als wär's der Friseur. Und in letzter Zeit haben etliche Prominente vor der Presse über ihre echten und angeblichen Depressionen gesprochen.

»Bist du traurig, weil sie nicht mitgekommen ist?«, dringt Brendas Stimme zu mir durch.

Das hat mich doch auch Liam gefragt, allerdings ohne die Hintergründe der Geschichte zu kennen. Der Gedanke an Liam versetzt mir einen Stich, und ich muss mich zusammenreißen, um zu lächeln und zu verneinen.

Brenda drückt mir stumm die Hand, und so klein und schlicht die Geste auch ist, so tut sie doch unheimlich gut. Ich stelle fest, dass es leichter fällt, über diese Dinge mit einer Person zu reden, die man nicht gar so gut kennt, als mit engen Freundinnen – oder mit jemandem, in den man verliebt ist.

Inzwischen haben wir noch einmal das Panorama von allen Seiten betrachtet und jetzt stehen wir auf der Ostseite und blicken rüber nach Brooklyn.

Brenda deutet mit dem Finger. »Da liegt Williamsburg, aber das *Horse and Jockey* ist zu versteckt. Hier ist der Hafen, das da ist Vinegar Hill, da wohnt Grandpa Saul, und rechts davon ist DUMBO und die Manhattan Bridge und dann kommt Brooklyn Heights …«

»DUMBO!«, rufe ich elektrisiert.

»Ich meine nicht den Elefanten«, grinst Brenda. »DUMBO bedeutet *Down Under the Manhattan Bridge Overpass.*«

»Das weiß ich. Liam, der Junge, den ich gestern beim Eislaufen getroffen habe, hat es erwähnt.«

»Ja, die Gegend ist seit ein paar Jahren ziemlich angesagt.«

Ich werde auf einmal ganz hibbelig. »Er wollte mich dort zu einem Cheesecake einladen. Seine Nichte meinte, er geht da jeden Tag hin. Wenn ich den Laden finden könnte …«

»Das dürfte nicht allzu schwierig sein«, unterbricht mich Brenda. »DUMBO ist als Stadtteil vergleichsweise winzig. Ein paar Blocks nur.«

Meine Wangen beginnen zu glühen. »Wirklich?«

»Wenn du willst, können wir es morgen versuchen. Für heute ist es zu spät. Bis wir da sind, wird es schon wieder dunkel.«

»Du würdest noch mal mitkommen?«

»Klar, wenn sie mich lassen. Ich erzähle einfach, dass du noch immer tief verzweifelt bist und dringend meinen Trost brauchst.«

Jess' and Sofias Home of Cheesecake, DUMBO, Brooklyn

»Bist du sicher, dass sie es war?« Sofia wischt die Tischplatte an meinem Stammplatz sauber und sieht mich mit einer Mischung aus Besorgnis und Misstrauen an. »Vielleicht hast du es dir so sehr gewünscht, dass du es dir eingebildet hast.«

»Phantomfreunde sind doch eher dein Metier«, antworte ich patzig.

Sofia blitzt mich wütend an. »Jess ist real!«

Aber nur für dich! »Sorry.«

»Vielleicht war es nur ein Mädchen, das ihr ähnlich sieht«, präzisiert Sofia.

»Nein, sie war es«, erwidere ich. »Ich darf gar nicht daran denken, wie kurz davor ich war, sie wiederzutreffen. Unter Millionen von Menschen! Und im selben Moment, in dem ich sie erkannt habe, fuhr der verdammte Aufzug los! Als würde mir ein böses Schicksal einen Knochen vor die Nase halten wie einem Hund, und dann ...« Ich unterbreche mich, weil ich husten muss. Mein Hals fühlt sich kratzig an. Super, eine fette Erkältung fehlt mir jetzt noch.

»Soso, ein *böses Schicksal* ...« Sofia zieht spöttisch die Mundwinkel hoch, denn ich neige für gewöhnlich weder zu pathetischen Vergleichen noch zum Jammern.

»Bis ich wieder unten war, war sie weg«, krächze ich, als ich wieder Luft bekomme. »Wahrscheinlich haben die Warteschlangen sie vergrault.«

»Oder sie hatte ein Expressticket.«

»Der Gedanke ist mir auch gekommen«, gestehe ich. »Also habe ich mir auch eins besorgt und bin wieder raufgefahren. Natürlich war sie nicht da. – Da gibt es gar nichts zu lachen, das ist tragisch.«

»Sorry«, kichert Sofia. »Du hast also den Tag damit verbracht, das Empire State Building rauf- und runterzufahren?«

»Ja«, knurre ich. »Was hätte ich sonst machen sollen?«

Sofia zuckt mit den Achseln.

»Und was jetzt?«, frage ich.

»Vielleicht versucht sie es morgen noch einmal, vielleicht vor zehn Uhr, wenn es noch ruhiger ist. Oder sie streicht das Empire State von der Liste.« Sofia sieht sich verstohlen im Café um. Von den zwölf Tischen sind acht besetzt.

Mir wird bewusst, dass ich sie von der Arbeit abhalte. »Wir müssen nicht jetzt darüber reden. Kümmere dich um deine Gäste.«

Sie sieht mich prüfend an und legt dabei die Hand an meine Stirn. Eine mütterliche Geste, die ein warmes Gefühl in mir weckt, obwohl ich nicht glaube, dass meine Mutter das je getan hat. Allenfalls eins der Au-pairs.

»Du brütest was aus«, meint sie. »Wir bringen dir mal einen Tee aus ayurvedischen Kräutern.«

The Horse and Jockey, Williamsburg

Als Brenda und ich gegen fünf Uhr ins Hotel zurückkehren, wartet Brendas Großvater bereits auf uns in der Lobby. Brenda stürzt auf ihn zu, um ihm von unserem Tag zu berichten, aber ich werde stutzig, als ich den Blick bemerke, mit dem er mich ansieht: so ernst und unruhig. Ein ungutes Gefühl beschleicht mich und ich spüre, dass irgendetwas anders ist als sonst.

»Was ist los? Wo ist Grandma?«, frage ich und registriere dabei, dass auch Agata noch da ist, obwohl die sonst immer pünktlich um vier Feierabend macht.

»Lexi, deine Großmutter ist im Krankenhaus ...«, beginnt Saul.

»Was? Was ist passiert?«

»Es ist nur eine Vorsichtsmaßnahme – mehr oder weniger«, fügt Saul hinzu. »Sie hatte heute Mittag plötzlich Schwindelanfälle, und da habe ich den Notarzt gerufen, obwohl sie gedroht hat, mich zu feuern, wenn ich das mache. Der Notarzt hat gemeint, sie sollte sich vorsichtshalber mal durchchecken lassen, es könnte was mit dem Herzen sein oder der Vorbote eines Schlaganfalls. Das hat sie dann doch überzeugt und sie haben sie in die Klinik gebracht.«

»Oh, mein Gott!«

»Nein, nein, keine Sorge, Lexi. Es scheint alles in Ordnung zu sein. Sie hat gerade vorhin angerufen und war schon wieder auf hundertachtzig.« Saul schmunzelt.

»Sie werden sie ein, zwei Tage dabehalten, für ein paar Untersuchungen«, erklärt Agata. »Du musst dir keine Sorgen machen.«

»Aber was fehlt ihr denn?«, frage ich.

»Sie ist alt, Lexi«, seufzt Saul.

Agata wirft ihm einen ungehaltenen Blick zu und erklärt mir: »Sie hatte im Sommer einen leichten Herzanfall.«

»Was?«, rufe ich. Davon höre ich zum ersten Mal. »Weiß Mum das?«

»Ich fürchte nicht«, antwortet Saul. »Sie hat uns allen verboten, darüber zu sprechen.«

»Das ist typisch!« Ich lasse mich in den Ohrensessel sinken.

»Man hat ihr einen Stent gesetzt«, erklärt Agatha. »Das ist so eine Art Röhrchen, das die Ader verstärkt. Und wie sie eben ist, dachte sie wohl, damit könnte sie wieder Bäume ausreißen.«

Mir fällt ein, was Brenda mir vorhin erzählt hat: dass Grandma daran denkt, das Hotel aufzugeben. Jetzt wird mir klar, warum.

»Wo ist sie? Ich will sofort zu ihr.«

Saul winkt ab: »Sie ist im *Brooklyn Hospital Center*. Sie machen jetzt die Tests mit ihr, sie wird also keine Zeit für uns haben. Außerdem will sie nicht, dass jemand sie besucht. Sie meint, sie hat gar nichts davon, wenn wir im Wartebereich der Klinik herumlungern, während das Hotel vor die Hunde geht – ihre Worte, so in etwa.« Saul zwinkert mir dabei verschwörerisch zu. Bestimmt hat er bei der Wiedergabe die F-Wörter weggelassen. »Aber sie hat mir aufgetragen, dich zu fragen, ob du dich heute Abend um den Ablauf im Restaurant kümmern kannst.«

»Okay, geht klar. Aber was muss ich da machen?«

»Gar nichts. Du sollst nur da sein. Hier wissen alle, was sie zu tun haben. Du weißt ja, sie denkt, wenn sie nicht da ist, tanzen wir auf den Tischen.«

Brenda meldet sich zu Wort. »Ich kann heute Abend auch hierbleiben, wenn ihr wollt.«

»Nicht nötig«, meint Saul.

»Oh ja, bitte!«, rufe ich.

»Gut, du bist der Chef.« Saul verdreht die Augen. »Ach ja, Lexi, und sie hat dich gebeten, deiner Mutter nichts zu sagen.«

»Das kann sie vergessen«, antworte ich und denke, dass in unserer Familie endlich Schluss sein sollte mit der Heimlichtuerei.

Saul hat gehörig untertrieben. Mit *nur da sein* ist es nämlich ganz und gar nicht getan, das merke ich recht rasch. Den ganzen Abend flitze ich hin und her, hole Wein- und Wasserflaschen, wechsle schmutzige Tischtücher aus und helfe Mrs Sweeney, einer resoluten Mittfünfzigerin, beim Servieren. Sie ist langsamer als sonst, denn sie hat einen Verband um ihren verstauchten Knöchel und humpelt noch ein wenig. Mr Costello und seine Hilfskraft haben in der Küche jede Menge zu tun, denn ausgerechnet heute ist das Restaurant ausnahmsweise einmal gut besetzt. Kann es sein, dass der Koch besonders gut gelaunt ist, weil Grandma nicht da ist? Jedenfalls hört man ihn in der Küche irische Trinklieder schmettern, was Grandma sicherlich unterbunden hätte. Brenda und ich finden es lustig, wir kichern und einige Gäste auch. Brenda kümmert sich um den Ausschank der Getränke, ich wüsste nicht, was ich ohne sie machen sollte. Und dann kommen um neun Uhr auch noch vier neue Gäste an, denen ich die Zimmer zeige, während Saul an der Rezeption und Brenda im Restaurant die Stellung halten. Es sind zwei Ehepaare aus Schweden, die tausend Fragen haben, so als wäre ich ein Reiseführer oder Wikipedia auf zwei Beinen.

Endlich, gegen elf, kehrt Ruhe ein. Die letzten Restaurantgäste sind weg, Mr Costello, der Koch, ebenfalls, und auch Brenda ist gerade im Taxi nach Hause zu ihrer Großmutter gefahren. Es kommt mir vor wie ein Wunder, dass wir den Abend pannenfrei überstanden haben. Aber vermutlich ist es gar keines, denn ich habe gehört, wie Mrs Sweeney beim Abschied leise zu Brenda sagte, dass es viel besser laufe, wenn einem der alte Drachen nicht ständig auf die Finger sehe.

Jetzt müssen Mrs Sweeney und ich nur noch die Tische fürs Frühstück decken. Als wir fertig sind, kann ich mich vor Müdigkeit kaum noch auf den Beinen halten. Aber es hat auch Spaß gemacht, und es ist ein gutes Gefühl, eine solche Aufgabe bewältigt zu haben.

»Deine Großmutter hat schon zweimal angerufen und wollte wissen, ob alles glattläuft«, verkündet Saul.

»Du lieber Himmel!« Die Frau hat wirklich einen Kontrollzwang.

»Ich habe ihr gesagt, alles läuft bestens.«

»Tut es ja auch«, gähne ich. »Wie geht's ihr?«

»Gut. Sie wird bald wieder da sein und uns rumkommandieren.«

In meinem Zimmer schreibe ich eine WhatsApp-Nachricht an Mum, dass ich morgen dringend mit ihr skypen muss.

Dann fällt mir ein, dass ich ja morgen früh das Frühstück beaufsichtigen muss. So macht es jedenfalls Grandma und ich bin ja nun ihre Vertretung. Ich stelle mir den Wecker auf sechs Uhr. Eine aberwitzige Zeit, wenn man bedenkt, dass ich gerade erst zu arbeiten aufgehört habe. Aber es übernachten ja nicht nur Touristen hier, da sind auch noch die Krawatten, die früh aufstehen, weil sie am nächsten Tag Termine haben. Das wird hart!

Wie schafft Grandma das in ihrem Alter? Noch dazu, wo sie offensichtlich nicht ganz gesund ist. Jetzt bekomme ich ein schlechtes Gewissen, weil ich ihr, seit ich hier bin, nur selten geholfen und stattdessen mein Sightseeing-Programm durchgezogen habe. Gut, sie selbst hat mich dazu gedrängt und meine Hilfsangebote meistens abgelehnt. Aber ich hätte einfach nicht nachgeben dürfen, ich hätte sehen müssen, wie viel sie arbeitet und dass es ihr nicht gut geht.

Mit letzter Kraft putze ich mir die Zähne und ziehe meinen Schlafanzug an. Mir kommt der Gedanke, dass ich den ganzen Abend so gut wie gar nicht an Liam gedacht habe. Ich war einfach zu beschäftigt. Habe ich die Sache mit Liam nur so immens wichtig gefunden, weil mir im Grunde langweilig war? Wie bitte – *langweilig*? In dieser Stadt? Wie kann das sein? Ich war ständig unterwegs, ich habe so viele faszinierende Dinge gesehen ... und doch war da immer diese Leere.

War ich einfach nur einsam, hatte ich nichts Sinnvolles zu tun und habe mich deshalb so darauf versteift, Liam wiederzufinden? Habe ich gehofft, dass er diese Leere ausfüllen wird? Hätte er das überhaupt gekonnt? Mit solchen wirren Gedanken schlafe ich schließlich ein.

Noch zwei Tage bis zum Abflug

The Horse and Jockey, Williamsburg, Brooklyn

Als der Wecker meines Telefons klingelt, kommt es mir so vor, als wäre ich gerade erst eingeschlafen. *Aufstehen, Lexi, die Pflicht ruft!*, höre ich im Geist die Stimme von Grandma. Ich fahre in meine Klamotten, wasche mir das Gesicht und flechte mir einen Zopf, damit keines meiner Haare im Müsli landet. Ich bin müde wie ein Stein, aber ich fühle mich irgendwie wichtig, weil ich weiß, dass echte Arbeit auf mich wartet.

Dabei hätte ich ruhig noch länger schlafen können. Mrs Esposito hat alles im Griff, und auch Soon, der koreanische Frühstückskoch, wirbelt schon in der Küche herum und brät Eier mit Speck. Mein Magen knurrt. Die ersten Gäste kommen herunter. Mrs Esposito gibt mir auf subtile Weise das Gefühl, dass ich ihre Abläufe störe, und ich möchte nicht den Eindruck erwecken, dass ich nur herumstehe und ihre Arbeit kontrolliere. Obwohl es im Grunde das ist, was Grandma von mir erwartet.

Weil ich nichts Besseres zu tun habe, frühstücke ich erst einmal. Ich bin richtig hungrig und verschlinge zwei French Toasts und noch eine ordentliche Ladung Rührei. Aus alter Gewohnheit hole ich dann mein neues Zeichenbuch aus der Tasche und erstelle eine Skizze von Mrs Esposito. Zugegeben, in Wirklichkeit ist sie nicht ganz so kompakt, und ihr

Doppelkinn und die Knubbelnase habe ich auch ein bisschen überbetont. Besser, sie kriegt das nicht zu sehen. Als Nächstes ist Soon an der Reihe. Ich zeichne ihn in seiner Kochjacke, umgeben von dampfenden Pfannen, wie er Pancakes in die Luft wirft, obwohl ich gar nicht weiß, ob er das wirklich tut. Danach erstelle ich ein möglichst genaues Porträt von Liam. Falls ich heute noch dazu komme, diesen Cheesecake-Laden in DUMBO zu suchen, kann ich den Leuten, die dort arbeiten, dieses Phantombild zeigen. Wenn er wirklich öfter dort ist, wird man sich bestimmt an ihn erinnern. *Ich* jedenfalls würde das.

Als ich fertig bin, setze ich mich mit meinem Laptop in die Halle, möglichst außer Hörweite von Agata, und versuche, meine Mum über Skype zu erreichen. Es klappt. Sie ist an ihrem Arbeitsplatz in der Großkanzlei, ich erkenne es an dem faden Aquarell, das hinter ihrem Schreibtisch hängt, und daran, dass sie eine Bluse mit steifem Kragen anhat und Lippenstift trägt.

»Lexi, wieso bist du schon auf? Bei euch ist es jetzt doch erst ... sieben Uhr?«

Sie sieht gut aus, besser jedenfalls als bei meiner Abreise. Ihre Wangen haben Farbe und die Schatten unter den Augen sind kaum noch zu sehen. Vielleicht ist sie nur gut geschminkt, denke ich. Doch auch ihre Stimme klingt fest und munter und ohne diesen gedämpften, leidenden Unterton, den sie hat, wenn das Leben sie überfordert.

»Mum, reg dich nicht auf, aber es ist etwas passiert ...«

Natürlich regt Mum sich auf. Aber sie reißt sich rasch zusammen und erkundigt sich nach den Details. Ich kann nur wiederholen, was Saul mir gestern gesagt hat: »Sie machen ein paar Untersuchungen.« Von dem Herzanfall, den Grandma im Sommer hatte, scheint Mum nichts zu wissen, und ich erwähne ihn auch jetzt nicht. Sie soll sich nicht zu viele Sorgen machen oder womöglich wütend auf Grandma werden.

»Sie kommt heute oder morgen raus«, berichte ich. »Sie ist bestimmt sauer auf mich, weil ich es dir erzählt habe.«

»Das macht nichts. Das war richtig von dir, Lexi.«

»Mum, da ist noch etwas ...« Ich sehe hinüber zu Agata. Die ist gerade mit einem japanischen Paar beschäftigt, das seine Rechnung bezahlt und auscheckt. Ich flüstere: »Es geht das Gerücht, dass Grandma das Hotel vielleicht bald aufgeben will. Weißt du etwas davon?«

»Was? Nein! Das ist ... das wäre aber ...« Mum verstummt und schüttelt den Kopf. Ich habe das Gefühl, dass diese Nachricht sie mehr erschüttert als die Tatsache, dass ihre Mutter zusammengeklappt ist und im Krankenhaus liegt. Aber Mum und Grandma hatten schon immer ein etwas schwieriges Verhältnis zueinander. Um Mum abzulenken, wechsle ich das Thema.

»Gestern Abend habe ich Grandma im Restaurant vertreten«, berichte ich stolz. »Es war anstrengend, aber es hat Spaß gemacht.«

»Das kann ich gut verstehen«, sagt Mum. »Ich mochte das früher auch. Vielleicht hätte ich ...«

»Was?«

»Nichts«, sagt Mum. »Lexi, es tut mir leid, aber ich habe wenig Zeit, ich muss in ein Meeting. Gibst du mir bitte Bescheid, falls irgendetwas passiert?«

»Klar«, sage ich und verspüre einen Stich. Was meint sie mit *irgendetwas passiert*? Etwa, dass Grandma stirbt? Auf einmal bekomme ich Angst. Ich sollte ins Krankenhaus fahren und nach ihr sehen. Jetzt sofort! »Ich besuche sie gleich und melde mich dann bei dir«, sage ich.

»Mach das«, antwortet Mum. »Und Lexi ... Ich bin stolz auf dich.«

Wir legen auf. Mein Handy piepst. Brenda fragt per SMS, ob sie vorbeikommen soll, und ich schreibe, es sei nicht viel zu tun, aber ich wolle meine Großmutter besuchen. *Melde mich später*, tippe ich, damit sie nicht denkt, ich hätte sie schon abgeschrieben. Denn eigentlich war es gestern doch echt nett mit ihr, und außerdem wollten wir ja zusammen die Cheesecake-Läden in DUMBO abklappern. Aber auf einmal erscheint mir dieses Vorhaben höchst lächerlich. Meine Großmutter ringt womöglich mit dem Tod, und ich? Ich denke nur an mein verpasstes Date.

Ich frage Agata, wie ich am besten zum *Brooklyn Hospital Center* komme, und sie erklärt mir, welchen Bus ich nehmen soll. »Zieh dich warm an, es ist wie am Nordpol da draußen!«

Es ist tatsächlich noch immer klirrend kalt und die Wintersonne blendet. Mir fällt ein, dass ich heute ursprünglich mit der Staten-Island-Fähre hin- und herfahren wollte. Aber jetzt muss ich erst mal Grandma mit eigenen Augen sehen. Vorher mag ich keine Pläne schmieden. Die Freiheitsstatue wird mir nicht weglaufen und ich bin sicherlich nicht das letzte Mal in New York.

Es sei denn, Grandma stirbt.

Ich versuche, mich gegen diesen Gedanken zu wehren, der seit gestern Abend immer mal wieder aufpoppt. Aber es klappt nicht, und plötzlich ist da diese Angst, die mir fast die Kehle zuschnürt.

Brooklyn Hospital Center, Fort Greene, Brooklyn

Das Krankenhaus ist ein großes, braunes Hochhaus, und es dauert, bis ich mich bis zur Kardiologie durchgefragt habe.

Grandma liegt allein in einem Zweibettzimmer. Vielmehr *liegt* sie nicht, sondern sitzt aufrecht im Bett und staucht gerade einen Krankenpfleger zusammen, der sich beim Blutabnehmen ungeschickt angestellt hat, wobei sie beinahe in jedem Satz das F-Wort benutzt. Dann sieht sie mich in der Tür stehen. »Jesus Christ on a bike!«, entfährt es ihr, und dann fragt sie mich knurrig, was ich hier zu suchen habe.

Ich bin dermaßen erleichtert, sie nicht leblos an Maschinen und Schläuchen hängen zu sehen, dass ich mich davon nicht beeindrucken lasse und fröhlich rufe: »Guten Morgen, Grandma!«

Der Pfleger verdrückt sich und Grandma wettert drauflos: »Warum bist du hier? Ich habe doch ausdrücklich verlangt, dass mich niemand besuchen soll. Hat Saul dir das nicht ausgerichtet?«

»Hat er. Ich habe mir Sorgen um dich gemacht.«

»Das ist überflüssig. Mir geht's prächtig«, erwidert sie. »Obwohl dieser Kerl mich gerade umbringen wollte.«

»Das ist gut. Ich meine, dass es dir besser geht.«

»Ich wollte nicht, dass du mich so siehst.« Schon hat sie

wieder diesen harten Zug um den Mund, aber in ihren Augen sehe ich etwas, das ich als Rührung deute. Mir fällt ein, wie eitel meine Grandma ist. Nie sieht man sie in bequemen Gammelklamotten, im Hotel sowieso nicht, aber auch nicht in ihrer winzigen Wohnung, die sich im Dachgeschoss des *Horse and Jockey* befindet, gleich neben meinem Zimmer.

»Du siehst gut aus«, sage ich. Was nicht ganz stimmt. Sie ist blass wie ein Camembert, und ihr Haar, das sie in einem Kastanienton färbt, ist zerdrückt. Außerdem kenne ich Grandma nur mit Make-up, und ohne ihren dunkelroten Lippenstift sieht ihr Gesicht nackt aus. Ich registriere außerdem, dass sie kaum noch Augenbrauen hat. Beängstigend, wie rasch einen ein Krankenhaus in einen Zombie verwandelt. Aber wie eine Frau, die im Sterben liegt, wirkt sie definitiv nicht.

Ich ziehe mir einen Stuhl heran und erzähle ihr von meinem gestrigen Tag mit Brenda und vom Abend im Hotel. »Das Restaurant war voll, wir hatten wirklich zu tun, aber es hat alles gut geklappt, kein Gast hat sich beschwert. Im Gegenteil, ich habe sogar Trinkgeld bekommen.«

»Na dann …« Sie sinkt zurück in ihr Kissen. »Danke, Lexi, ich wusste, dass ich mich auf dich verlassen kann. Und deinen Liebeskummer scheinst du auch überwunden zu haben.«

Ich nicke und sage: »Grandma, ich hab mir was überlegt …«

»Ach ja?« Ihre blassgrauen Augen mustern mich halb neugierig, halb skeptisch.

»Was hältst du davon, wenn ich nächstes Jahr, nach dem

Abi, bei dir im Hotel eine Art Praktikum machen würde? Ich meine ... ich weiß nämlich gar nicht, ob ich studieren will, oder wenn ja, was überhaupt. Und wenn mir das liegt, dann könnte ich doch eine Ausbildung in der Richtung machen und das *Horse and Jockey* eines Tages übernehmen. Natürlich erst in ein paar Jahren, wenn du dich zur Ruhe setzt«, füge ich rasch hinzu.

Ihre kaum vorhandenen Augenbrauen schnellen in die Höhe.

»Das sind ja kühne Pläne, wann ist dir denn das eingefallen?«

Gute Frage. Im Grunde bin ich von meinen eigenen Worten überrascht worden. »Schon eine Weile«, behaupte ich, während ich gespannt auf Grandmas Antwort warte.

Die zögert einen Moment und sagt dann: »Von mir aus können wir gern darüber reden, wenn es das ist, was du wirklich willst. Nur frage ich mich, was deine Mutter davon hält.«

»Die sagt immer, nach dem Abi kann ich machen, was ich will.«

»Bis dahin dauert es ja noch über ein Jahr, Lexi, da wirst du deine Meinung vermutlich noch ein paar Mal ändern.«

»Aber von deiner Seite spricht sonst nichts dagegen?« Ich habe ihr den roten Teppich ausgerollt. Einen besseren Zeitpunkt, um mich in ihre Pläne, das Hotel aufzugeben, einzuweihen, wird es wohl kaum mehr geben.

»Nein«, bestätigt Grandma. »Aber jetzt solltest du gehen, meine Folterknechte werden jeden Moment an die Tür klopfen und mich zum EKG schleifen. Eins kann ich dir jedenfalls sagen: Die Behandlung hier hält nur ein Gesunder aus!«

Ich muss lachen, und einem Reflex gehorchend drücke ich Grandma einen Kuss auf die Wange. »Ich hab dich verdammt lieb«, entschlüpft es mir.

»Du sollst nicht fluchen, Lexi! Ich hab dich auch sehr lieb.«

Ein verlegenes Schweigen hängt im Raum. Die Flanagan-Frauen sind es nicht gewohnt, über Gefühle zu sprechen, am allerwenigsten Grandma.

»Was hattest du denn für heute ursprünglich geplant?«, fragt sie schließlich.

Ich bringe es nicht fertig, ihr zu sagen, dass ich DUMBO nach dem Cheesecake-Laden, in dem Liam zu verkehren pflegt, absuchen wollte. Ich glaube nämlich, dass ihr das nicht gefallen würde. In ihren Augen würde es so aussehen, als würde ich ihm nachlaufen. Und damit läge sie gar nicht so falsch. Angenommen, ich finde ihn, wie stehe ich dann da? Wird er mir glauben, dass ich »ganz zufällig« da vorbeigekommen bin? Und überhaupt: Was soll das Ganze, wo ich doch nur noch zwei Tage hier bin?

»Ich wollte mit der Staten-Island-Fähre hin- und zurückfahren.«

»Das ist eine gute Idee. Mach ein paar Zeichnungen von der guten alten Freiheitsstatue in dein neues Buch, ich will sie mir heute Abend ansehen.«

Mist, verdammter! »Ja, mach ich, Grandma.«

»Und jetzt sieh zu, dass du hier rauskommst. – Ach, Augenblick noch. Du hast doch sicher ein bisschen Schminkzeug dabei. Könntest du mir das kurz borgen? Diese Ärzte sollen ruhig merken, dass sie es mit einer Lady zu tun haben, auch wenn das durch die Bank lauter Büffel sind.«

**Lower Manhattan, Battery Park,
Terminal der Staten Island Ferry**

Heute fahre ich zur Abwechslung mal nicht Aufzug, stattdessen treibe ich mich im Terminal der Fähre nach Staten Island herum.

Liam, was ist mit dir los? Hast du nichts Besseres zu tun? Ich finde keine Antwort auf diese Fragen.

Die Südspitze Manhattans, von wo die Fähre ablegt, dürfte wohl der zugigste Ort der ganzen Stadt sein, abgesehen von der Aussichtsplattform des Empire State Buildings, wo ich mir gestern fast den Tod geholt habe. Deshalb bleibe ich auch im Terminal-Gebäude, gehe langsam im Kreis herum und scanne die Leute ab. Dieses Mal darf Lexi mir nicht wieder durch die Lappen gehen. Ich werde nicht wieder denselben Fehler machen und mich von der Stelle bewegen, obwohl ich auf einmal Lust hätte, auch mal wieder einen Blick vom Wasser auf die Skyline und die Statue of Liberty zu werfen. So etwas macht man viel zu selten in der eigenen Stadt. Schon gestern, als ich zum zweiten Mal oben auf dem Empire State Building war, ist mir trotz meiner Verzweiflung wieder einmal klar geworden, an was für einem beeindruckenden Ort ich doch lebe.

Die Rushhour ist vorüber, aber es ist immer noch recht viel los. Scharenweise Touristen sind jetzt unterwegs, denn die Fähre ist eine der wenigen Vergnügungen in New York, die nichts kosten. Dass die meisten Passagiere Schals und Kapuzen tragen, macht die Sache nicht gerade einfacher.

Um ganz sicherzugehen, dass ich Lexi nicht verpasse – *falls* sie heute hierherkommt –, hätte ich vielleicht etwas früher da sein müssen. Aber ich habe verschlafen. Weder Abrahams Krähen hat mich geweckt noch Sofia, denn sie hat heute die späte Schicht, was sie für gewöhnlich ausnutzt, um bis mittags zu schlafen.

Als ich dann endlich wach geworden bin, war ich total verschwitzt und brachte kaum einen Ton heraus. Mein Hals schmerzt noch immer beim Schlucken, und es kann gut sein, dass ich Fieber habe. Immerhin konnte ich meine Krächzestimme eiskalt als Entschuldigung gegenüber Tina und Norah benutzen. Sonst hätte ich die beiden heute wieder bespaßen müssen. So ist es seit Jahren der Brauch, wenn Tina und Norah in den Weihnachtsferien *in die Stadt* kommen, wie Tina es nennt. Diese paar Tage im Jahr sind ihr heilig, da erwartet sie, dass ich mir Zeit für sie und Norah nehme. Erst recht, seit mich mein Vater zum schwarzen Schaf der Familie erklärt und von den Essgelagen an Thanksgiving und dem Weihnachtstag ausgeschlossen hat. *Sorry, Tina, sorry, Norah. Nur noch dieser eine Versuch! Morgen bin ich wieder für euch da, versprochen.*

Genau genommen bin ich wirklich krank und gehöre ins Bett oder wenigstens ins Warme. Stattdessen stehe ich hier und rede mir ein, dass Lexi die Fahrt nach Staten Island sicherlich nicht frühmorgens, in der Masse der Berufspendler, angetreten haben wird. Und sie wird auch die Rushhour am Nachmittag meiden. Außerdem wird es dann ja auch schon bald dunkel. Nein, ich an ihrer Stelle würde die Mittagszeit wählen.

Gerade legt wieder eines der orangefarbenen Schiffe an.

Und wenn sie doch schon früher losgefahren ist? Dann kommt sie jetzt mit einer der nächsten Fähren zurück. Die ankommenden Passagiere im Auge zu behalten ist ziemlich schwierig. Es sind einfach zu viele auf einmal und sie wuseln durcheinander. Nicht auszuschließen, dass ich Lexi dabei übersehe. Ich beobachte, wie die Menschentraube ins Freie strebt. New York ist die Stadt der Eiligen. Gemütliches Schlendern? Fehlanzeige. Wenn man sich hier langsam bewegt, ist man ein Hindernis für die anderen und wird ständig angerempelt. So wie ich jetzt.

Ein Mädchen mit langen braunen Haaren schlängelt sich geschickt durch die Menschenmenge. So eine schwarze Jacke hat Lexi doch auch beim Eislaufen getragen. Verdammt, sie ist schon am Ausgang. Ich mache mich an die Verfolgung. Gar nicht leicht, bei dem Gedränge. Aber dieses Mal wird sie mir nicht entwischen, und wenn ich ein Dutzend Leute über den Haufen rennen muss.

Scheiße! Sie muss eine begnadete Dränglerin sein, denn jetzt habe ich sie doch aus den Augen verloren. Das darf doch nicht wahr sein! Jetzt heißt es schnell entscheiden: Wo wird sie hingehen? Entweder direkt zur South Ferry Station wie die meisten der ausgestiegenen Passagiere. Oder aber sie wendet sich nach links und schlendert noch auf der Promenade durch den Battery Park, mit Blick auf die Freiheitsstatue. Sie ist ja Touristin, sie hat Zeit. Andererseits: Wenn sie gerade von der Fähre kommt, hat sie sicher genug Aussicht genossen, und falls sie auf dem Oberdeck war, ist sie durchgefroren und zieht wahrscheinlich die stickige Wärme eines überfüllten U-Bahn-Waggons der zugigen Promenade vor.

Ich entscheide mich für die Subway. Wenn ich sie dort nicht finde, kann ich immer noch zurück zum Park. Da! Ich glaube, da vorne ist sie. Ich beginne zu rennen.

Der Wind nimmt mir fast den Atem, als ich an der Subway-Station *South Ferry* die Treppe hinaufkomme. Zieht das hier! Wie wird das erst auf dem Wasser? Ich werde wohl auf einem der geschlossenen Decks bleiben müssen, damit ich nicht zum Eiszapfen werde. Aber jetzt ist erst mal Vermummung angesagt. Ich ziehe meinen Schal über Mund und Nase und schlage die Kapuze meiner Jacke hoch, obwohl ich schon eine Mütze trage. So eingepackt, folge ich dem Strom der Leute zum Terminal der Staten Island Ferry. Ein riesiges, orangefarbenes Schiff liegt bereits am Pier und ich beeile mich, um es noch zu erwischen. Ich will diesen Ausflug möglichst rasch hinter mich bringen und hoffe außerdem, dass die kurze Seefahrt Klarheit in meine Gedanken bringen wird.

Wie angenehm, mal keine Tickets kaufen zu müssen. Ein Pulk von Touristen reißt mich mit und spült mich auf die Fähre. Ich gehe hinauf zum Oberdeck am Heck. Ich werde so lang wie möglich versuchen, da oben auszuharren und der Kälte zu trotzen.

Das Schiff legt ab, als ich gerade oben ankomme. Möwen schreien. Der Wind ist auf dem Fluss noch stärker und treibt mir das Wasser in die Augen. Nein, an Zeichnen ist hier oben nicht zu denken, dazu muss ich runter, zu den geschlossenen Decks. Aber für ein paar Augenblicke möchte ich noch dieses Gefühl, »auf See« zu sein, hautnah genießen, auch wenn es nicht das offene Meer ist. Vor mir liegt der Battery Park. Dieser Stadtteil, habe ich gelesen, wurde künstlich aufgeschüttet aus dem Aushub der vielen New Yorker Bauwerke. Er sieht auch ein bisschen künstlich und leblos aus. Nur wenige Spaziergänger sind auf der Promenade, es ist wohl einfach zu kalt. Plötzlich saugt sich mein Blick an einer Gestalt fest, die da steht und zur Fähre hinübersieht. Das könnte Liam sein. Dieses dunkle, windzerzauste Haar, die Art, wie er den Kopf hält … Und diesen Parka hatte er vorgestern auch schon an.

Quatsch, das bildest du dir ein!

Ich kneife die Augen zusammen. Ein Königreich für ein Fernglas! Ich sehe mich um. Ein älteres Paar, das ebenfalls an der Reling steht, hat eines. Ich stürme auf die beiden zu und bettle, ob ich ganz kurz ihr Glas haben dürfte. Zum Glück scheinen sie mich zu verstehen. Die Frau sieht mich zwar misstrauisch an, aber der Mann, der es in der Hand hält, gibt es mir mit einem verständnisvollen Schmunzeln. Ich pflanze mir das Glas auf die Nase und suche das Ufer nach der Gestalt ab. Und dann stockt mir der Atem. Das *ist* Liam! Kein Zweifel. Ich sehe sein Gesicht, ganz deutlich. Und er schaut zu mir her! Fast ist es so, als würde er mir in die Augen sehen. Ich drücke dem Mann das Glas wieder in die Hand, dann hüpfe ich wie ein Flummi auf und ab, während ich mit den ganzen Armen winke und aus vollem Hals brülle: »Liam! Hallo, Liam! Hallo!«

Unwahrscheinlich, dass er mich hört. Der stramme Wind kommt von Osten und trägt meine Stimme genau von ihm weg. Neben mir fängt jetzt eine Gruppe französischer Jugendlicher ebenfalls an zu winken und dabei rufen sie lachend: *'allo Liam!* Verarschen die mich? Ich weiß nicht, ob ich das witzig finden soll. Ich rudere mit den Armen, als wollte ich gleich abheben, rufe weiter seinen Namen, und da geschieht das Wunder: Liam winkt zurück. Nur ganz kurz, dann dreht er sich weg und geht langsam die Promenade entlang.

Hat er mich gesehen? Har er mich erkannt? Wird er am Terminal auf mich warten? Mein Herz fängt an zu rasen und gleichzeitig könnte ich vor Verzweiflung losheulen. Da steht er, Liam, leibhaftig. Er ist es, und ich – ich bewege mich unaufhaltsam weg von ihm. Das darf doch einfach nicht wahr sein.

Liam, kann ich nur noch denken. *Liam, warte auf mich!*

Lexi ist jetzt kurz vor der Treppe. Ihr Haar, das unter der Mütze hervorschaut, glänzt noch einmal in der Sonne, aber gleich wird sie vom dunklen Schlund der Subway-Station *South Ferry* verschluckt werden. Ich muss mich beeilen, sonst verliere ich sie im Gewühl.

»Lexi!«, schreie ich.

Sie reagiert nicht, sondern beginnt, die Stufen hinabzugehen. Ist sie schwerhörig? Liegt's an der dicken Mütze? Ich drängle mich an ein paar Leuten vorbei, bis ich nur noch eine Armlänge hinter ihr bin. »Lexi, warte, ich bin's, Liam!«, schreie ich so laut, dass sich fast alle vor mir umdrehen. Das Mädchen auch. Sie schaut mich mit dem vorsichtig-ausweichenden Blick an, den man für die Verrückten bereithält, denen man in der Stadt täglich und überall begegnet. Ich starre erschrocken zurück und quetsche ein *Sorry* zwischen meinen Lippen hervor. Ihr Gesicht hat keinerlei Ähnlichkeit mit Lexis. Sie zuckt mit den Achseln, dreht sich um und läuft die Treppe hinab.

Versteinert stehe ich auf der Treppe, allen im Weg. Schließlich kehre ich um und kämpfe mich gegen den Strom wieder nach oben. Ein winziger Hoffnungsschimmer blitzt auf: Was, wenn ich vorhin, am Ausgang des Terminals, die richtige Lexi gesehen habe und erst beim zweiten Mal, vor dem Eingang zur Subway, die falsche? Wäre doch möglich. Das hieße, dass Lexi vielleicht in den Battery Park gegangen ist. Ich haste die Treppe hinauf und rase zurück. Die Rennerei tut mir überhaupt nicht gut, ich höre meine Lungen rasseln und bekomme kaum noch Luft. Unweigerlich falle ich in einen langsameren Trab. Es geht einfach nicht schneller, sonst kippe ich noch aus den Latschen. *Die falsche Lexi!* Wie gemein ist das denn? Oder leide ich an Wahnvorstellungen? War es auch gestern, im Empire State Building, schon ein Mädchen, das Lexi nur ähnlich sah?

Ich trabe die Promenade des Battery Parks entlang. Der Eiswind lässt meine Augen feucht werden, ich wische die Tränen weg und sehe mich um. Wo könnte sie sein?

Mittlerweile bin ich recht langsam geworden. Ich habe Seitenstechen, jeder Atemzug schmerzt. Erschöpft bleibe ich stehen. *Sie ist nicht hier, Alter, gib's auf und leg dich ins Bett!*

Ich kann nicht mehr, ich muss anhalten. Mir wird übel, ich hätte vorhin was essen sollen. Ich stütze die Hände auf den Knien ab, mein Atem geht pfeifend und keuchend, spitze Messer perforieren mir die Lungen.

Es ist aus. Game over. Ich weiß, wann ich verloren habe.

Als das Stechen nachlässt, richte ich mich wieder auf. Die Fähre, die vorhin angekommen ist, legt gerade wieder ab. Tief in Gedanken versunken stehe ich da und sehe ihr nach. Ein paar Jugendliche stehen am Heck und winken. Ich winke müde zurück. Dann kehre ich um.

Staten Island Ferry/DUMBO

Das Schiff verlangsamt seine Fahrt und nähert sich dem Terminal. Endlich! Die zweiundzwanzig Minuten hin und zurück kamen mir beide Male wie zwei Stunden vor, und dann musste ich drüben, am Saint George Terminal, auch noch von der Fähre runter und auf eine neue, die dann eine gefühlte Ewigkeit brauchte, ehe sie endlich ablegte. Für Staten Island selbst hatte ich keinen Blick übrig, ich wollte nur noch so schnell wie möglich zurück und sehen, ob Liam dort auf mich wartet.

Ich kann nicht sagen, dass ich die Fahrt besonders genossen hätte, trotz der wirklich spektakulären Aussicht. Vom wärmeren Zwischendeck aus habe ich die Skyline Manhattans betrachtet und eine Skizze von der Freiheitsstatue angefertigt, aber nur damit ich Grandma etwas zeigen kann und damit die Zeit bis zum Anlegen schneller vergeht. Dazu habe ich ein paar Fotos gemacht.

Aber in Gedanken war ich nur bei Liam. Auch jetzt habe ich schon wieder diese Szene vor Augen, wie in einer Endlosschleife: Ich komme vom Schiff runter und da steht er, die Augen suchend auf die Menge gerichtet, dann sehen wir uns, ein magischer Moment, wir fallen uns in die Arme, meine Blicke versinken in seinen grünen Augen ...

Ach ja, wir fallen uns in die Arme? So weit sind wir also

schon?, bemerkt meine innere Stimme spitz, und ich erwidere im Geist: *Halt einfach die Klappe!*

Diese ständigen, stummen Selbstgespräche!

Eine Lautsprecherdurchsage kündigt an, dass wir jetzt gleich anlegen. Ich habe mich schon längst nach vorn gedrängelt und schaffe es als eine der Ersten, vom Schiff zu kommen. Was ich die ganze Zeit schon geahnt habe und nur nicht wahrhaben wollte, geschieht nun wirklich: Da steht kein Liam. Nicht im Terminal, nicht davor, nirgends.

Habe ich mich vorhin geirrt? Mir fällt ein, dass ich mir schon gestern, im Empire State Building, eingebildet habe, Liam zu sehen. Aber das war nur ein Sekundenbruchteil. Vorhin jedoch, mit dem Fernglas, habe ich Liams Gesicht länger und ganz deutlich vor mir gesehen. Ich habe mich nicht getäuscht – er war es. Doch er hat mich nicht erkannt. Wie auch, mit der Kapuze auf dem Kopf und dem Schal, den ich mir erst aus dem Gesicht gerissen habe, als ich seinen Namen in den Wind schrie. Wahrscheinlich hat Liam nur ein paar Leute winken sehen und aus Freundlichkeit zurückgewinkt. Hätte er mich erkannt, wäre seine Reaktion doch ganz anders ausgefallen.

Bist du da sicher? Was, wenn er mich doch erkannt und nur gedacht hat: Ach, da ist ja das Mädchen von der Eisbahn – und dann hat er kurz gewinkt und ist gleichgültig weitergegangen? Nein, das will ich nicht glauben.

Eine weitere Frage drängt sich auf: Warum war er dort, im Battery Park, wo im Grunde nichts Besonderes zu sehen ist? Sightseeing? Ausgerechnet heute an dieser zugigen Ecke? Aber er war allein, zumindest war von Norah, seiner Nichte, keine Spur zu sehen.

Hat er mich gesucht? Wie kann das sein? Habe ich auf der Eisbahn etwas von meinem Plan erwähnt, eine Runde mit der Staten-Island-Fähre zu drehen? Das wäre die einzige Möglichkeit, auch wenn ich mich nicht daran erinnern kann.

Ich stehe vor dem Terminal und scanne noch einmal die Umgebung ab. Vergeblich.

So, Lexi, was jetzt? – DUMBO!

Die Entscheidung fällt mir nicht mehr schwer. Ich muss diesen verdammten Cheesecake-Laden finden. Laut Brenda kann das nicht so schwer sein und notfalls kann ich sie ja auch noch um Hilfe bitten. Also lenke ich meine Schritte in Richtung Subway-Station und sehe zu, dass ich nach Brooklyn zurückkomme.

Hier war ich doch schon einmal! Ja, genau, und zwar letzte Woche, als ich die Brooklyn Bridge von Manhattan aus zu Fuß überquert habe. Mir war nur nicht klar gewesen, dass das Viertel, das ich danach durchquert habe, sich *Down Under the Manhattan Bridge Overpass*, also DUMBO, nennt. Tatsächlich wird ein Teil des Gebiets von der Brücke überspannt. Ich hatte es eher dem benachbarten Brooklyn Heights zugeordnet. Hier muss früher viel Industrie angesiedelt gewesen sein, auf manchen Straßen sieht man noch Schienen, die in das grobe Pflaster eingelassen sind und direkt zu den Fabriken führen. Inzwischen sind in den alten Fabrikgebäuden stylishe Restaurants, Cafés, Start-ups und Kunstgalerien. Weil ich einen Mordshunger habe, gönne ich mir erst einmal in der *Almondine Bakery* in der Water Street einen Kakao und dazu einen Apfelkuchen.

Danach ziehe ich weiter und halte die Augen offen. Cafés, Bakerys, Bagels, Bar-B-Que, Pizza, Breakfast & Brunch, Sushi ... man könnte sich wochenlang durch das Viertel fressen. Und immer wieder Kunstgalerien. Manche davon entpuppen sich bei genauerem Hinsehen als Cafés oder Klamottenläden oder sie sind Café, Klamottenladen und Kunstgalerie in einem. Ich frage mich, wer die ganze Kunst kaufen soll. Um die Klamotten mache ich mir weniger Sorgen, die sind ziemlich cool und finden bestimmt massenhaft Abnehmer. Schade, dass mein Reisebudget so gut wie alle ist. Trotzdem lasse ich mich hin und wieder ein bisschen ablenken von meiner Suche nach einem Cheesecake-Laden.

Existiert der überhaupt?, frage ich mich zwei Stunden später, nachdem ich das ganze Viertel abgeklappert habe. Immerhin hatte ja auch meine Internetsuche nichts ausgespuckt. Vielleicht hat Norah das Café nur so genannt, weil sie und Liam dort immer Cheesecake essen? Wenn das der Fall ist, dann bin ich aufgeschmissen.

Ich frage eine Mutter, die einen Kinderwagen schiebt, nach einem Cheesecake-Café, aber sie zuckt nur mit den Achseln. Nicht aufgeben, Lexi! Ich spreche aufs Geratewohl noch drei Frauen an – irgendwie habe ich das Gefühl, dass sich Frauen bei so was besser auskennen als Männer –, aber zwei davon entpuppen sich als Touristinnen und die dritte scheint mich nicht zu verstehen. Inzwischen habe ich bestimmt sämtliche Straßen von DUMBO abgelaufen, manche sogar zweimal. Es gibt hier kein Cheesecake-Café.

Meine Zuversicht sinkt und ich frage mich, was das Ganze soll. Bin ich denn nach New York gekommen, um einem Jungen nachzulaufen? Auf einmal komme ich mir kindisch vor. Diese Verbissenheit, mit der ich Liam suche, diese romantischen, kitschigen Vorstellungen, die ich mit ihm verbinde! Vielleicht war der Junge im Battery Park gar nicht er. Vielleicht habe ich mir nur gewünscht, er wäre es, und mir eingebildet, ihn zu sehen. Vielleicht bin ich kurz davor, irre zu werden.

Mir ist schrecklich kalt, ich bin müde und meine Füße tun mir weh. Ich gebe auf. Das Kapitel Liam ist abgeschlossen, ich werde ihn in einem Winkel meines Gedächtnisses abspeichern im Ordner *Verpasste Chancen*. Niedergeschlagen trotte ich in Richtung Subway.

DUMBO, Water Street, Liams Wohnung

Ich bin normalerweise nicht der Badewannentyp, ich hasse es, wenn meine Finger schrumpelig werden, und außerdem finde ich es langweilig. Aber jetzt liege ich schon seit einer halben Stunde in der Wanne und taue langsam wieder auf. Ich habe was von Sofias Zeug reingekippt, das nach Wald und Hustensaft riecht, und umgeben von Wärme und Wohlgerüchen döse ich sogar ein bisschen ein. Als ich wieder aufwache, ist das Wasser fast kalt. Ich wusste, warum ich Wannenbäder nicht leiden kann.

Meine Stimmung ist auf dem Nullpunkt. Mir wird wohl nichts anderes übrigbleiben, als Lexi zu vergessen. Wo ist eigentlich ihr Buch mit den Zeichnungen geblieben? Gestern Abend lag es doch noch auf dem Tisch. Jetzt ist es weg. Komisch.

Ich checke mein Handy. Drei verpasste Anrufe von meiner Schwester Tina. Ich rufe zurück.

»Geht's dir besser?«, fragt sie.

»Bisschen.«

»Mum und Dad sind in der Stadt. Sie wollen sich heute Abend mit uns zum Dinner treffen, im *Daniel* an der Upper East Side.«

»Du meinst, mit dir und Norah«, sage ich.

»Nein, auch mir dir.«

Für ein paar Sekunden hört man nur weißes Rauschen in der Leitung. Während ich an einer bitteren Bemerkung feile, sagt Tina: »Komm schon, Liam! Ich denke, Dad möchte sich wieder mit dir versöhnen.«

»Ach, will er das? Ich dachte immer, Weihnachten wäre der große Familien-Versöhnungstermin«, ätze ich und füge in Gedanken hinzu: *Aber da saß ich hier mit Sofia und ihrer unsichtbaren Freundin Jess und mit Essen vom Chinesen unter einem faltbaren Plastikweihnachtsbaum.*

»Sei nicht so nachtragend, dazu hast *du* wirklich keinen Grund«, sagt Tina scharf. »Immerhin hast du Dad mit deiner *Ich-will-die-Welt-retten*-Nummer ein fettes Geschäft vermasselt. Komm schon mit. Tu es Mum zuliebe. Außerdem würden Norah und ich dich auch gern noch einmal sehen, bevor wir morgen zurückfahren nach Little Falls.«

»Ich bin krank. In dem Zustand bin ich dem Alten nicht gewachsen. Und warum ruft er mich nicht selbst an?«

»Weil er auch seinen dummen Stolz hat, genau wie du. Komm schon, Liam, zick jetzt nicht rum. Wir sind eine Familie, da verkracht man sich, aber man verträgt sich auch wieder.«

»Woher willst du wissen, ob der große alte Mann versöhnlich gestimmt ist? Vielleicht will er mich nur fertigmachen.«

»Vor mir und Norah? Unsinn. Also, wir sehen uns um sieben Uhr im *Daniel*.«

»Mal sehen«, sage ich und lege auf. Ich suche immer noch nach Lexis Buch mit den Zeichnungen. Kann es sein, dass Sofia es genommen hat? Warum? Damit es mir leichter fällt, Lexi zu vergessen?

The Horse and Jockey, Williamsburg

Wenigstens scheint dieser sinnlos zerfledderte Tag noch ein gutes Ende zu nehmen. Als ich die Lobby betrete, steht Grandma neben Saul an der Rezeption und geht mit ihm die Zimmerreservierungen durch.

»Da bist du ja. Und? War's schön auf der Fähre?«, begrüßt sie mich.

»Ja«, lüge ich.

Tatsächlich will sie meine Zeichnungen sehen.

»Es sind nicht viele, es war saukalt auf dem Deck.« Ich zeige ihr die Skizze von der Freiheitsstatue.

»Sie hat Talent, unsere Kleine, findest du nicht, Saul?« Sie hält ihm die Zeichnung unter die Nase.

Der nickt. »Aber sicher. Das ist nicht ihr einziges Talent. Du hättest erleben sollen, wie sie gestern den Laden hier geschmissen hat.«

»Das will ich heute Abend mit eigenen Augen sehen.« Grandma zwinkert mir zu.

»Klar«, sage ich und bin sogar froh darüber. Die Arbeit wird mich davon abhalten, über verpasste Chancen im Allgemeinen und über Liam im Besonderen nachzudenken. Das hat schon gestern ganz gut funktioniert.

Verdammte Hacke, jetzt hat Grandma die Zeichnung von Liam entdeckt. »Wer ist das denn?«, will sie wissen.

»Niemand«, sage ich und will nach dem Buch greifen, aber Grandma hält es fest und meint: »Irgendwoher kenne ich diesen Kerl ... Saul, sieh mal. Den habe ich schon in der Zeitung gesehen, ich bin ganz sicher.«

Wann hat Grandma denn Zeit zum Zeitunglesen?, frage ich mich. Jetzt beugt sich auch Saul über mein Skizzenbuch und murmelt: »Hm, ich meine auch ...«

»Ich hab's!«, ruft Grandma. »Das ist dieser junge Kerl, der das mit diesem *Dingsda Memorial Center* eingefädelt hat. Da stand kurz vor Weihnachten ein Bericht im *Times Magazine*. Sein Vater ist dieser Senator aus Upstate New York. Verflucht, wie heißt der noch gleich?«

»Simon Harris«, souffliert Saul. »Der Sohn heißt Liam. Liam Harris.«

Mir sackt das Herz in den Magen und ich merke, wie mir auf einmal speiübel wird.

»Ist das etwa der Junge, dessen Telefonnummer du verschlampt hast?«, kombiniert Grandma messerscharf.

Ich nicke.

»Ach du heiliger Strohsack! Politprominenz, sozusagen.«

Saul räuspert sich und sieht meine Großmutter ein wenig tadelnd an, was diese ignoriert.

Liam Harris.

Gerade, als ich Grandma wegen ihm löchern will, sagt sie: »Aber was stehe ich hier herum und schwatze, als ob ich nichts zu tun hätte?« Schon witscht sie um den Tresen herum und verschwindet nach oben.

Ich renne ebenfalls die Treppe rauf, aber nur, um meinen Rechner zu holen. Zum Glück gibt es den Artikel, der am 15. Dezember im *Times Magazine* erschien, auch online. Beobachtet von Saul, der gar nicht erst versucht, sein Grinsen zu unterdrücken, kuschle ich mich in den Ohrensessel und beginne zu lesen.

Liam Harris trinkt seinen Milchkaffee hoch über den Dächern von Brooklyn. Auf der begrünten Dachterrasse des Lofts mit Aussicht auf die Skyline picken Hühner im Gras. Liam Harris gehört zweifellos zu den Menschen, die auf der Sonnenseite des Lebens geboren wurden. Gut möglich, dass er eines Tages in die Fußstapfen seines Vaters Simon Harris tritt, des Senators, dessen Vater, Jacob Harris, wiederum ebenfalls Senator der Demokraten war, ehe er in den Ruhestand ging. Vorerst jedoch ist der Neunzehnjährige Student der Politikwissenschaften, einer, der ein, wie er sagt, »ganz normales« Leben führt. So sieht er das jedenfalls.

Blenden wir zehn Monate zurück. Zum ganz normalen Leben eines Liam Harris gehört auch die Subway. Auf seinem Weg zur High Street – Brooklyn Bridge Station kommt er jeden Tag an einer Obdachlosen vorbei und steckt ihr etwas Geld zu. Eines Tages jedoch ist die Frau, eine Afroamerikanerin, nicht mehr da, und auch nicht am nächsten und übernächsten Tag. Liam Harris hat keine Berührungsängste. Er hört sich unter anderen Obdachlosen um und muss erfahren, dass sie tot ist. Er forscht weiter und hört zum ersten Mal ihren Namen: Amy Gross. Sie war sechsunddreißig, als sie an Lungenkrebs starb. Liam entschließt sich dazu, ihre Beerdigung zu bezahlen.

Unwillkürlich muss ich an unser Gespräch über den Obdachlosen, den ich zeichnen wollte, denken. Über die Peinlichkeit von Almosen. Warum hat er mir bei der Gelegenheit nichts über Amy Gross erzählt? Vielleicht wäre es ihm unangenehm gewesen, sich damit zu brüsten. Spricht ja für ihn. Ist auch wirklich anständig von ihm, das mit der Beerdigung, finde ich, und widme mich wieder dem Text:

»Der Tod dieser Frau hat mich dazu gebracht, über die Situation der Obdachlosen in unserem Land und in unserer Stadt nachzudenken. Da wollte ich etwas tun«, sagt Liam Harris. Der Zufall spielt ihm in die Hände. Wenige Tage zuvor wurde bekannt, dass ein Fabrikgebäude in seiner Nachbarschaft luxussaniert werden sollte. Es handelt sich um die ehemalige Kerr-Brauerei, die Anfang der Neunziger von Immobilienspekulanten aufgekauft wurde und seither leer steht. Jetzt sollte sie saniert werden, ganz nach dem bewährten Muster: Oben Luxuswohnungen und Büros, unten Starbucks, Whole Foods und andere Lifestyle-Shops. Liam Harris findet jedoch, dass man daraus auch etwas Vernünftiges machen könnte, etwas, das den ärmeren Leuten der Stadt hilft. Unterkünfte für Obdachlose, zum Beispiel. Er sucht sich Verbündete unter seinen Freunden und Kommilitonen und im Netz. Es beginnt mit kleinen Demos, einer symbolischen Hausbesetzung, das übliche Szenario, das für gewöhnlich nicht viel bringt. Aber Liam Harris lässt nicht locker. Als Sohn eines Senators weiß er, welche Strippen er ziehen muss und wie man Beziehungen geschickt nutzt. Über Crowdfunding treibt der zu diesem Zeitpunkt erst Achtzehnjährige Sponsoren auf und lobt eine Prämie für Architekturstudenten aus. Sie sollten Entwürfe anfertigen, die er dann dem Bauamt vorlegen kann. »Denn es nützt ja nichts, nur gegen eine Sache zu sein. Man muss auch konkret sagen können, wofür man ist, und einen genauen Plan haben«, so der

junge Aktivist. Das Projekt nimmt Fahrt auf, er findet prominente Mitstreiter und potente Geldgeber. Und weil im September auch noch Stadtratswahlen anstehen, gibt es plötzlich auch Unterstützung vonseiten einiger Lokalpolitiker, die sich mit einem sozialen Projekt dieser Art nur zu gern schmücken wollen. Natürlich bekommt er auch Gegenwind. In der unmittelbaren Nachbarschaft der Kerr-Brauerei ist man nicht gar so begeistert über Harris' Engagement. Wer will schon ein Obdachlosenasyl in seinem Block?

Aber dann taucht eine weit größere Hürde auf. Es stellt sich heraus, dass den Mehrheitsanteil des Immobilienfonds, zu dem die alte Kerr-Brauerei gehört, kein anderer hält als der Vater des jungen Rebellen, Senator Simon Harris. Es ist also plötzlich nicht nur ein Kampf Geld gegen Moral, sondern auch noch ein veritabler Vater-Sohn-Konflikt. Ein Drama von fast Shakespeare'schem Ausmaß, zumal Liam Harris angibt, nichts von der Beteiligung seines Vaters an dem Immobilienfonds gewusst zu haben. Die Medien lieben solche Geschichten, jetzt wird die Sache richtig groß: Zeitungen und Nachrichtensender berichten landesweit, das Netz explodiert. Für Liam gibt es kein Zurück mehr. Zu viele prominente Sponsoren erwarten, dass mit ihrem Geld Gutes getan wird, darunter der Facebook-Gründer Mark Zuckerberg.

»Ach, du Scheiße!«, entschlüpft es mir.

»Hat die junge Lady etwas gesagt?« Saul blickt auf und mustert mich über seine Lesebrille hinweg.

»Nichts, gar nichts«, sage ich und vertiefe mich wieder in den Artikel.

Letztendlich bleibt Senator Harris nichts anders übrig, als den Plänen seines Sohnes zuzustimmen. Als demokratischem Senator würde es seinem Ruf extrem schaden, als hartherziger Spekulant dazustehen. Er überstimmt die anderen Teilhaber des Fonds und verkauft das ganze Areal zu einem günstigen Preis an die Amy-Gross-Stiftung, die zwischenzeitlich von namhaften Sponsoren gegründet worden ist. Vor der Presse stellt Senator Harris nun klar, er stehe voll und ganz hinter den Ideen seines Sohnes. Damit man ihm das glaubt, lässt er sich sogar in den Stiftungsrat wählen. Dennoch geht das Gerücht, dass der Senator seinen Sohn enterbt hat und nicht mehr mit ihm redet. Liam Harris möchte auf diese Frage lieber nicht antworten. »Das ist Familiensache«, weicht er aus.

Vor zwei Monaten, im Oktober, wurde das Amy Gross Memorial Center nach einer rekordverdächtig kurzen Bauzeit eingeweiht. In der Nachbarschaft scheinen sich die Wogen zwischenzeitlich geglättet zu haben. »Es läuft alles friedlich ab«, freut sich der junge Harris. »Der Gegend hat das nicht geschadet, im Gegenteil, inzwischen werben sie in DUMBO sogar mit dem Projekt.«

Das Konzept ist ebenso einfach wie genial. Die ausgewählten kleinen Läden und Betriebe, die sich in der ehemaligen Brauerei niedergelassen haben, zahlen kaum Pacht, müssen dafür aber größtenteils Obdachlose zu einem vernünftigen Lohn beschäftigen. Liam Harris erklärt: »So sind die Leute weg von der Straße, und wer einen Job hat, findet auch eher eine eigene Wohnung.«

Wer noch keine hat, hat die Möglichkeit, in einem der einfachen Zimmer unterzukommen, die im linken Gebäudetrakt eingerichtet wurden. Studenten bekommen die Apartments,

die im oberen Teil des Hauptgebäudes liegen, billiger, dafür müssen sie benachteiligten Kindern und Jugendlichen aus dem Viertel für eine bestimmte Anzahl von Wochenstunden Nachhilfe geben. Ähnlich ist es mit den Ärzten im Center: Die haben sich verpflichtet, an zwei Tagen pro Woche Menschen zu behandeln, die keine Versicherung haben und die Kosten für die Behandlung nicht aufbringen können.

»Das Erstaunliche ist ...«, lacht Liam Harris, »... dass es tatsächlich funktioniert. Ich schätze, dass wir in ein bis zwei Jahren sogar ohne Zuschüsse von der Stadt auskommen werden.«

Doch Harris gibt sich damit nicht zufrieden. »Ich bin gerade dabei, das Konzept auszuarbeiten und es anderen Städten schmackhaft zu machen«, verrät er.

Gut möglich, dass er das schafft. Wir werden sicher noch von ihm hören.

Ich klappe den Laptop zu. Mir schwirrt der Kopf.

»Jetzt bist du geplättet, was?«, meint Saul.

»Kann man so sagen«, gestehe ich. Das also ist der Liam, den ich vorgestern beim Eislaufen kennengelernt habe? Weshalb er sich an dem Nachmittag ausgerechnet mit mir abgegeben hat, ist mir schleierhaft. Nach einer Pause frage ich: »Warst du schon mal in diesem *Amy Gross Memorial Center* in DUMBO?«

»Ja, kurz vor Weihnachten, da hatten sie einen Basar«, sagt Saul. »Es gibt da viele kleine Handwerksbetriebe, ein paar Ärzte, Gastronomie ...«

»Auch ein Cheesecake-Café?«, platze ich heraus.

Saul scheint nachzudenken, aber ich habe den Verdacht, dass er mich nur auf die Folter spannen möchte. »Ja, jetzt, wo du es sagst. Das gibt es«, antwortet er schließlich. »Ich war sogar drin. Sie haben auch anderen Kuchen, alles vom Feinsten.«

Ich bekomme Schnappatmung und bin auf einmal bester Laune, um nicht zu sagen: total aufgedreht. Am liebsten würde ich gleich noch einmal nach DUMBO fahren, aber natürlich wird mich Grandma jetzt, wo es schon dunkel ist, nicht mehr weglassen, und außerdem habe ich ja heute Abend noch einen Job zu erledigen.

Grandma hat mir den Ausschank der Getränke übertragen. Es ist nicht viel zu tun, und nach meiner anfänglichen Begeisterung darüber, dass ich Liam nun eventuell doch noch finden kann, komme ich jetzt unwillkürlich ins Grübeln. Alles, was ich über Liam gelesen habe, lässt mich daran zweifeln, ob ich wirklich morgen in dieses Café gehen soll. Ist Liam nicht vielleicht ein paar Nummern zu groß für mich? Ein *local hero* wie er hat gewiss so viel um die Ohren, dass er sich gar nicht mehr an mich erinnern wird. Ich könnte mich allenfalls dafür entschuldigen, dass ich ihn nicht angerufen habe. Aber ob ihn das überhaupt noch interessiert?

Wer bin ich schon, verglichen mit ihm? Eine sechzehnjährige Schülerin aus Daglfing, die in ihrem Leben noch nicht mehr zuwege gebracht hat als eine Ausstellung ihrer Bilder in der Anwaltskanzlei ihrer Mutter.

Hä, und deswegen kannst du ihn nicht treffen, Lexi? Wieso kriegst du jetzt auf einmal das große Muffensausen? Hättest du dein Buch nicht verloren, hättest du ihn doch auch angerufen, oder?

Aber da wusste ich noch nicht, wer er ist ...

»Lexi! Schläfst du im Stehen? Mach mir bitte eine Flasche vom 2011er Burgunder auf!« Die Stimme meiner Großmutter reißt mich aus meinem stummen Selbstgespräch.

»Kommt sofort«, sage ich und hechte zum Weinschrank.

»Wenn du wirklich im Hotel arbeiten möchtest, dann musst du auf Zack sein, und zwar immer.«

»Ja, Grandma.«

»Über diesen Wunderknaben kannst du nachdenken, wenn wir hier fertig sind.«

»Aye, aye, Sir, Madam Sir!«, salutiere ich und füge übermütig hinzu: »Weißt du eigentlich, dass sie dich hinter deinem Rücken den Drachen nennen?«

»Das stimmt nicht«, erwidert Grandma. »Sie nennen mich den *alten Drachen*. Und das ist auch gut so, das zeigt, dass sie Respekt haben.«

Noch ein Tag bis zum Abflug

Jess' and Sofias Home of Cheesecake, DUMBO, Brooklyn

Heute ist der Himmel bedeckt und es ist nicht mehr so kalt. »Sieht aus, als ob wir Schnee kriegen«, hat Grandma prophezeit, als ich mich nach dem Frühstück auf den Weg gemacht habe. Sie hat auch noch gesagt: »Lexi, du musst wissen, die New Yorker sind manchmal ein wenig oberflächlich. Zuerst tun sie, als wären sie deine besten Freunde, und drei Tage später wissen sie nicht mehr, wer du bist. Also sei nicht allzu enttäuscht, wenn dieser Junge nicht so reagiert, wie du es dir vorstellst.«

»Das ist mir schon klar, Grandma. Ich hinterlasse einfach nur meine Nummer, und wenn er nicht anruft, ist es eben so.«

Sie hat recht, sage ich mir. Ich darf nicht zu viel erwarten. Und doch ist da dieses verräterische Herzklopfen.

Das *Amy Gross Memorial Center* liegt in der Water Street. Da war ich zwar gestern schon, aber ich muss es übersehen haben. Zwischenzeitlich habe ich es – unter zig andereren Informationen, Liam betreffend – gegoogelt. Jetzt weiß ich genau, wo ich hinmuss.

Kerr & Sons Brewery steht in Stein gehauen über einer breiten Toreinfahrt, und darunter, in metallenen Buchstaben: *Amy Gross Memorial Center*. Neben der Toreinfahrt gibt es zwei Reihen mit Firmenschildern. Demnach findet man im Hinterhof: eine Fahrradwerkstatt, eine Schneiderei, die unvermeidliche Kunstgalerie, eine Goldschmiede, eine Möbelschreinerei, einen Pizza-Lieferdienst, einen Psychiater, eine Frauenärztin, eine Werbeagentur, einen Fotografen, einen Musikinstrumente-Verkauf und -Verleih, Schüler-Nachhilfe und diverse Beratungsstellen. Und dazwischen ein blaues Schild mit weißer Schrift: *Jess' and Sofias Home of Cheesecake.*

Jedenfalls ist das kein Café, in das jeder Tourist sofort stolpert. Aufregend. Ich gehe durch den Torbogen und fühle mich so, als würde ich etwas Verbotenes tun. Zwei Männer, dem Aussehen nach könnten es Obdachlose sein, kommen mir entgegen, ignorieren mich aber. Der Hof wird von einem u-förmigen Gebäude umschlossen. Im rechten Gebäudeflügel liegt *Jess' and Sofias Home of Cheesecake.*

Ich gehe darauf zu, aber dann, vor dem Eingang, zögere ich und spähe erst einmal durchs Fenster. Interessante Einrichtung: rohe Backsteinwände, frei liegende Versorgungsleitungen, grober Holzboden. Die Möbel dagegen sind nicht im Industrial-Look, sondern sehen aus wie vom Flohmarkt: bunte, selbst gehäkelte Kissen zieren ein großes, durchgesessenes Sofa, im Regal liegen Bücher und Krimskrams, die Stühle sind alle unterschiedlich, die Tische auch. Etwa die Hälfte davon ist besetzt. Hinter der Theke steht ein bärtiger Typ im Muscle-Shirt, das seine tätowierten Bizepse sehen lässt. Nein, wie Jess oder Sofia sieht der nicht aus, das ist sicher einer der Obdachlosen, die hier überall arbeiten. Plötzlich bleibt mir das Herz stehen. Da ist Liam! Er sitzt an einem Tisch in der hintersten Ecke, vor sich eine große

Tasse, auf der sich Milchschaum türmt. Ich sehe ihn im Profil. Wie schön er ist, denke ich noch, aber in der nächsten Sekunde bemerke ich, dass Liam nicht allein ist. Er unterhält sich mit einer Frau, die ihm gegenübersitzt. Sie scheint Liam irgendetwas zu erklären, die schmalen Hände unterstreichen ihre Worte mit temperamentvollen Gesten. Seine Blicke kleben förmlich an ihren Lippen, er scheint nur Augen für sie zu haben. Verständlich, denn sie ist wunderschön: langes, blondes Haar, zum Pferdeschwanz gebunden, leuchtende, saphirblaue Augen, schmale Nase, ein perfekter Mund. Sie trägt eine lange Schürze und ist schlanker als ihr Röntgenbild. Sie könnte ein Model sein. Arbeitet sie hier? Ist es Jess oder Sofia? Ist sie der Grund, warum er jeden Tag hier ist?

Irgendetwas schnürt mir die Luft ab und in meinem Magen wächst ein bleierner Klumpen, denn ich begreife, dass das keine normale Unterhaltung zwischen Besitzerin und Stammgast ist. Und noch während ich da stehe und durch die Scheibe gaffe, steht Liam plötzlich auf, so ruckartig, dass fast sein Stuhl umkippt. Er beugt sich über den Tisch, umfasst das Gesicht von Miss Perfect mit beiden Händen und küsst sie mitten auf den Mund.

Ich taumle einige Schritte rückwärts, dann drehe ich mich reflexartig um und schlage meine Kapuze hoch. Nicht, dass er mich hier noch sieht! Dann renne ich über den Hof, durch den Torbogen, auf die Water Street. Ich will weg, nur noch weg.

Jess' and Sofias Home of Cheesecake, DUMBO, Brooklyn

Ich wache auf, weil ich Hunger habe. Dabei habe ich doch erst gestern Abend ein Drei-Gänge-Menü verspeist. Allerdings waren die Portionen nicht gerade üppig.

Wie Tina es prophezeit hat, hat sich mein alter Herr wieder mit mir versöhnt. Mit der eindrücklichen Ermahnung, mich in Zukunft aus seinen Geschäften rauszuhalten. Was ich ihm versprochen habe. Mum war überglücklich und ich bin ehrlich gesagt auch ganz froh darüber. Es ist auf die Dauer frustrierend, der Ausgestoßene zu sein.

Im Kühlschrank ist nur lauter supergesundes Zeug. Jess schreibt Sofia vor, was sie essen darf und was nicht, und das wechselt alle paar Wochen. Manchmal, fällt mir auf, denke auch ich mittlerweile an Jess, als gäbe es sie wirklich. Ich weiß sogar, wie sie aussieht, Sofia hat sie mir beschrieben: dunkle Locken, ein Schneewittchen-Typ. Das Gegenteil von Sofia. Ist das nicht verrückt? Wird man mit der Zeit selbst gaga, wenn man mit einer Verrückten zusammenlebt?

Für Rühreier von unseren glücklichen Hühnern bin ich schlicht zu faul, also beschließe ich, bei Sofia einen Käsekuchen zu essen. Ich fürchte, ich bin inzwischen süchtig nach dem Zeug. Ich muss dringend wieder joggen gehen, sonst werde ich noch fett davon. Diese Lexi-Such-Aktion hat mich während der letzten Tage viel zu sehr abgelenkt. Aber damit ist jetzt Schluss. Eingestellt wegen Aussichtslosigkeit.

George, der sich mit Sofia im Service abwechselt, brüht mir einen Tee auf und stellt unaufgefordert einen Kuchen vor mich hin. Ich habe ihn gerade gierig verschlungen und mir noch einen Milchkaffee geholt, als Sofia hereinkommt, ein paar Einkäufe in die Küche trägt und dann zu mir an den Tisch tritt.

»Könnte sein, dass wir eine heiße Spur haben«, beginnt sie ohne Gruß und Vorrede. »Von deiner kleinen Irin.«

»Ach ja?«, sage ich ohne viel Begeisterung.

»Ph! Wenn's dich nicht mehr interessiert …«

»Doch. Sag schon«, erwidere ich, obwohl ich nicht ernsthaft an Sofias heiße Spur glaube.

Sie setzt sich hin. »Jess und ich haben uns mit deinem Lexi-Problem befasst und noch einmal zusammengetragen, was du über sie erzählt hast. Nämlich: Ihre Familie stammt aus Dublin und die Großmutter besitzt ein Hotel in Williamsburg. Also haben wir sämtliche Hotels in Williamsburg gegoogelt und uns durch das jeweilige Impressum gequält. So haben wir die Namen der Besitzer rausgefiltert, die besonders irisch klingen, die ganzen O'Connors, Murphys und Kavanaghs …«

»Ja, ja und?« Mein Interesse ist definitiv geweckt.

»Als ich mit vierzehn auf Schüleraustausch in Irland war, ist mir außerdem aufgefallen, dass die Hotels dort teilweise so drollige Namen haben wie *Old Head of Kinsale*, *The King's Head* oder *The Hound and Fox* …«

»*Du* warst dort? Ohne Jess?«, frage ich.

»Die gab es da noch nicht.«

»Seit wann gibt es sie denn?«

»Wollen wir nun über Jess und mich reden oder über deine kleine Freundin?«, herrscht mich Sofia an.

»Sorry«, lenke ich ein. »Über Lexi natürlich. Aber mach's bitte nicht so spannend.«

Sofia lächelt huldvoll. »Uns ist da ein Hotel ins Auge gestochen, es heißt *The Horse and Jockey* und die Besitzerin heißt Martha Flanagan. Daraufhin haben wir Lexis Buch noch einmal durchgeblättert ...«

»*Du* hattest das! Ich hab es schon gesucht!«

»... darin gibt es eine Zeichnung mit einem Pferd und einem Reiter. Auf der Webseite des Hotels ist das Haus abgebildet, mit dem Schild über dem Eingang: ein Pferd und ein Reiter.«

»An die Zeichnung erinnere ich mich. Ich dachte, Lexi sei vielleicht auf der Rennbahn gewesen, aber das hier klingt viel realistischer. Sofia, du bist der Wahnsinn – äh, sorry, ich meine ... du bist einfach toll!«

Vor lauter Begeisterung springe ich auf und gebe ihr einen Kuss.

»Es war Jess' Idee, das mit den Hotels«, stellt Sofia richtig, nachdem ich mich wieder hingesetzt habe. »Aber eigentlich hättest du auch selbst darauf kommen können.«

Stimmt. Anstatt wie ein Irrer durch die Stadt zu jagen, hätte ich besser mein Hirn eingeschaltet.

»Danke, Sofia, du ... ihr habt was gut bei mir, du und Jess.«

Green-Wood Cemetery, Brooklyn

Ich weiß nicht, was schlimmer ist: die Enttäuschung oder die Scham. Immerhin, sage ich mir, muss ich dafür dankbar sein, dass ich nicht sofort in das Café gestolpert bin, womöglich mitten hinein in ihr *Tête-à-Tête*. Das wäre der Gipfel der Peinlichkeit gewesen.

Ob diese Blonde wohl weiß, dass Liam mit anderen Mädchen flirtet, wenn sie nicht dabei ist? Was wäre wohl passiert, wenn ich mein Notizbuch nicht verloren hätte? Hätte er sich mit mir verabredet, obwohl er eine Freundin hat?

Ja, denn so sind Kerle! Hinterlistig und falsch, sie nehmen, was sie kriegen können.

Aber er wirkte gar nicht so.

Das sind die Schlimmsten!

Wieder einmal stumme Selbstgespräche führend, stapfe ich durch Brooklyn, ohne mir über mein Ziel Gedanken zu machen. Ich muss mich erst mal wieder einkriegen, diesen Schlag wegstecken, ehe ich Grandma oder sonst wem unter die Augen treten kann. Ich denke an Grandmas Warnung heute Morgen. Wie recht sie wieder einmal hatte.

Ich bin froh, dass ich morgen schon abfliege. Wenn erst der Atlantik zwischen mir und Liam liegt, wird es leichter sein, die ganze Sache zu vergessen. In Zukunft, das schwöre ich mir, bin ich vorsichtiger und trau keinem Jungen mehr so ohne Weiteres über den Weg. Vor allem nicht, wenn er gut aussieht und grüne Augen hat. Verdammt, Lexi! Hör auf, an ihn zu denken, streich sein Bild aus deinem Gedächtnis.

Plötzlich merke ich, dass ich dabei bin, den Hügel hinaufzugehen, auf dem der Green-Wood Cemetery liegt. Der war auch noch auf meiner Liste, fällt mir ein. Ein Friedhof ist außerdem genau das, was jetzt zu meiner Stimmung passt, denke ich, als ich durch das neugotische Tor trete. Der Green-Wood Cemetery ist jedoch kein gewöhnlicher Friedhof, sondern eine riesige grüne Oase in der Stadtlandschaft. Eigentlich ist er mehr ein Park mit einem See, vielen Skulpturen und kleinen Kapellen und Mausoleen. Hier liegen unzählige berühmte Menschen begraben, aber auch Soldaten und ganz normale Leute. Der Battle Hill ist der höchste Punkt Brooklyns, und ich bin ein wenig außer Atem, als ich dort ankomme. Ich stelle mich neben die Statue der Minerva, die dort oben in Robe und Helm Wache hält, und schaue, genau wie sie, hinüber zur Freiheitsstatue. Die Skyline von Manhattan hebt sich heute kaum vom stumpfgrauen Himmel ab. Es sind nur wenig Besucher hier und ich genieße die Ruhe. Nur entfernt hört man den Sound von Brooklyn, das Verkehrsrauschen, die Autohupen, die jaulenden Polizeisirenen, den Lärm der Baustellen.

Alexa Flanagan, was bist du nur für ein dummes, naives Geschöpf! Wie konntest du auch nur einen Moment glauben, dass ein Typ wie er keine Freundin hat. Dass eine Berühmtheit wie er sich für dich interessiert! Du bist einem Hirngespinst hinterhergelaufen, du hast dich lächerlich gemacht, vor Grandma, Saul, Brenda …

Ach, hätte ich doch wenigstens niemandem von Liam erzählt!

Was ist das plötzlich Nasses in meinem Gesicht? Tränen? Schnee! Es beginnt zu schneien. Lautlos fallen dicke, schwere Flocken vom Himmel und werden immer dichter. Schnee in New York! Wie schön, dass ich das noch erlebe. Ich bleibe fasziniert stehen. Hat nicht Liam davon geschwärmt? Aber auch Grandma und Mum haben oft davon gesprochen, wie wunderbar es ist, wenn in New York Schnee fällt. »Nie ist die Stadt stiller als unter dem ersten Schnee. Er legt sich wie eine Decke über sämtliche Geräusche, es ist, als würde die Stadt den Atem anhalten«, hat Mum es geschildert, und in solchen Augenblicken glaube ich zu spüren, dass sie sich hierher zurücksehnt.

Ich beobachte, wie die Flocken im See versinken, während die Rasenflächen immer weißer werden und Grabsteine und Monumente weiße Hauben bekommen. Wieso kommen mir denn jetzt schon wieder die Tränen? Lieber Himmel, Lexi, in letzter Zeit bist du wirklich ziemlich nah am Wasser gebaut.

Mein Telefon klingelt. Wegen der Heulerei kann ich das Display nicht lesen, aber es ist bestimmt Grandma, die sich Sorgen macht, dass womöglich gleich der Verkehr zusammenbricht und ich verloren gehe. Schnee in New York ist zwar romantisch, aber wirklich gut umgehen können sie damit nicht, hat Grandma mich gewarnt. Was soll ich ihr sagen, wenn sie mich nach Liam fragt? Auf keinen Fall die Wahrheit. Ich tue am besten so, als hätte ich ihn gar nicht angetroffen.

»Hi, hier ist Lexi«, sage ich mit aufgesetzter Fröhlichkeit.

»Hi, hier ist Liam. Der Typ aus dem Central Park, du erinnerst dich an mich?«

Ich starre das Telefon an wie ein Ding vom anderen Stern. Wie kann das sein? Halluziniere ich? Erlaubt sich wer einen saublöden Scherz?

»Lexi? Hörst du mich?«

Es ist seine Stimme, ohne jeden Zweifel.

»Ja«, presse ich hervor. »Woher ... woher hast du meine Nummer?«

»Deine Großmutter war so freundlich, sie mir zu geben.«

»Was?« Hat Grandma etwa hinter meinem Rücken Kontakt zu Liam aufgenommen? Wie konnte sie das nur tun? Erst warnt sie mich und dann spielt sie die Kupplerin? Das passt doch nicht zusammen. Wie kann sie mich derart blamieren?

Ich gerate ins Stottern. »Ich ... also ... ich habe mein Buch verloren, in das du deine Nummer reingeschrieben hattest.«

»Ich weiß«, sagt Liam. »Norah hat es gefunden.«

»Ihr habt ... *du* hast mein Skizzenbuch?«, rufe ich.

»Ja, tut mir leid, dass ich es mir angeschaut habe, aber Kompliment: Du kannst wirklich toll zeichnen.«

»Danke«, presse ich hervor.

»Wo bist du jetzt?«, fragt er.

»Auf dem Green-Wood Cemetery«, antworte ich mechanisch, während ich mir im Geist noch immer vorstelle, wie er mein Buch durchblättert. Aus irgendeinem Grund füge ich hinzu: »Es schneit.«

»Oh ja, hier auch. Es muss jetzt toll sein da oben, wenn es schneit. Ich bin noch hier, vor dem Hotel deiner Großmutter. Eindrucksvolle Frau übrigens.«

»Du warst bei Grandma?« Ich fasse es nicht. Eben – vor gut einer Stunde – war er doch noch in dem Café und hat diese Frau geküsst.

Er lacht. »Sie hat mich einer strengen Prüfung unterzogen, ehe sie mir deine Telefonnummer gab. Ich würde gern sofort zu dir kommen, dann könnten wir eine Schneeballschlacht machen, aber ich muss Norah und meine Schwester zum Zug bringen, sie fahren nachher wieder zurück nach Little Falls. Hättest du vielleicht Lust, mich heute Abend zu treffen?«

Mein Kopf schwirrt. Warum tut er das? Warum gibt er sich solche Mühe, mich zu finden, warum will er sich mit mir verabreden, wo er doch diese Frau geküsst hat?

Wenn du ihn nicht triffst, Lexi, wirst du das nie rausfinden!

»Lexi? Bist du noch dran?«

»Ja.«

»Du musst nicht ... ich dachte nur ...«

»Okay«, höre ich mich sagen. Mein Herz galoppiert wild drauflos und ich kriege kaum noch Luft.

»Okay?«, wiederholt er, und ich kann hören, wie er dabei lächelt. »Gut, pass auf, ich hol dich ab, im *Horse and Jockey*. Cooler Name übrigens. Wie wär's um halb sechs?«

»Ja«, sage ich. Offenbar bin ich nur noch zu Ein-Wort-Sätzen fähig.

»Ja, was?«, fragt er zurück.

Jetzt nimm dich doch mal zusammen! »Ja, halb sechs ist gut.«

»Fein. Bis dann. Ach, noch was: Zieh dir was Warmes an!«

Ich will ihn fragen, warum, aber da hat er schon aufgelegt.

Ich renne den Hügel hinab. Ich muss schleunigst zurück ins Hotel und meine Großmutter aushorchen. Jedes Wort will ich hören, das Liam zu ihr gesagt hat. Und dann muss ich mich für den Abend zurechtmachen. Was soll ich nur anziehen? Die warme Jacke, klar, aber darunter? Wo gehen wir hin? Etwa wieder eislaufen, bei Flutlicht?

Und was ist mit dieser Frau, die er geküsst hat? Immer wieder taucht diese Frage auf, wie ein Korken, den man unter Wasser drückt.

Verdammt noch mal, Lexi! Warum kannst du nicht aufhören, daran zu denken? Ein interessanter, gut aussehender Junge geht heute Abend mit dir in New York aus. Kannst du nicht einfach nur die Zeit mit ihm genießen? Es ist dein letzter Abend und danach leben er und du auf getrennten Kontinenten. Ist es da nicht egal, ob er eine Freundin hat oder nicht?

Aber es ist mir nicht egal, ganz und gar nicht.

East River State Park

Mit dem Einbruch der Dunkelheit hat es aufgehört zu schneien und die Wolken haben sich verzogen. Der Mond scheint auf den verschneiten East River State Park und zaubert silberne Lichter auf den Fluss. Hier sei einer seiner Lieblingsorte, hat Liam mir erklärt. Der Park entlang des East River ist sicher auch im Sommer ein Anziehungspunkt, aber jetzt, so verschneit im Mondlicht, ist er einfach märchenhaft. Ein paar Schneemänner halten Wache und wir sind sogar schon an einigen Eisskulpturen vorbeigekommen. Wir sind nicht die Einzigen, die im Park spazieren gehen, die meisten davon sind Liebespärchen. Kein Wunder, die Szenerie könnte wirklich kaum romantischer sein. Auf der anderen Seite des Flusses glitzert Manhattan mit seinen Abertausenden von Lichtern.

Wir gehen schon seit einer Stunde hier spazieren. Zwischendurch hat Liam meine Hand ergriffen, und ich bereue es jetzt, dass ich Handschuhe angezogen habe. Ich kann es immer noch nicht fassen, wie knapp wir uns einige Male verpasst haben. Dass er zwei Tage geopfert hat, um mich in New York zu suchen, will mir fast nicht in den Kopf. Dabei habe ich doch dasselbe getan, wenn auch nur einen halben Nachmittag lang. Davon habe ich ihm allerdings noch nichts erzählt. Bis jetzt hat ohnehin hauptsächlich er geredet. Das ist meine Schuld, denn ich habe ihn nach dem *Amy Gross Memorial Center* gefragt. Ich befolgte damit einen Rat von Grandma: »Lass ihn erzählen, auch wenn du inzwischen aus dem Internet schon viel über ihn weißt. Männer reden gern über ihre Großtaten, und sie finden Frauen, die ihnen zuhören, viel interessanter als die, die viel über sich reden.«

Und was gäbe es über mich auch schon zu erzählen?

»Darf ich dich was fragen?«, frage ich.

Liam dreht den Kopf und sieht mich an. »Natürlich.«

»Hast du vorher wirklich nicht gewusst, dass diese alte Brauerei zum Großteil deinem Vater gehört?«

»Nein, am Anfang nicht. Als ich es dann erfuhr, konnte und wollte ich keinen Rückzieher mehr machen. Ich war ja nicht allein, auch wenn die Presse das immer so darstellt. Eine ganze Reihe von Leuten hat für dieses Projekt gekämpft. Hätte ich es von Anfang an gewusst, dann hätte ich erst mal versucht, ihn von unserem Projekt zu überzeugen. So, wie es jetzt gelaufen ist, fühlte er sich natürlich auf den Schlips getreten und erpresst.«

»Hätte er sich denn überzeugen lassen?«

»Niemals«, sagt Liam. »Demokrat hin oder her, er ist ein Kapitalist durch und durch. Aber es wäre fairer gewesen – er hätte zumindest gewusst, was auf ihn zukommt. Komisch ...« Liam schüttelt den Kopf.

»Was?«

»Erst gestern musste ich dasselbe meinem Vater erklären. Wir haben uns nämlich wieder versöhnt.«

»Freut mich für dich«, sage ich und seufze: »Mein Vater interessiert sich kaum für mich.«

»Vielleicht hat er einfach ein schlechtes Gewissen«, gibt Liam zu bedenken. »Ich finde, du solltest auf ihn zugehen, dann siehst du ja, was sich daraus entwickelt. Manche Leute muss man zu ihrem Glück zwingen.«

Ich überlege, dass da durchaus was dran sein könnte.

»Entschuldige, ich muss nur mal kurz ...« Liam greift in seine Jackentasche, tippt eine kurze Nachricht in sein Handy und steckt es dann wieder weg. »Sorry«, sagt er noch einmal. Ich sage nichts dazu. *Ich* habe mein Handy ausgeschaltet. Überhaupt ist die Stimmung zwischen uns eigenartig. Längst nicht so locker wie bei unserer ersten, zufälligen Begegnung, eher ein bisschen verkrampft.

»Liam?«

»Ja?«

»Warum sind wir jetzt hier? Ich meine ... warum bist du mit *mir* hier?«

Er ist stehen geblieben und sieht mich an. »Weil ich glücklich bin, dass ich dich doch noch gefunden habe.«

»Ja, aber warum hast du mich gesucht?«

Er legt seine Hand unter mein Kinn und zeichnet mit der anderen meine Konturen nach, die Augenbrauen, die Stirn, die Wangen. Sein Finger hinterlässt eine heiße Spur auf meiner Haut.

Was jetzt? Wird er mich küssen? So wie diese ... andere?

Aber er sieht mich nur an und sagt: »Ganz einfach. Ich habe dich auf der Eisbahn gesehen und wollte dich unbedingt kennenlernen. Du bist bildhübsch, aber das allein war es nicht. Es war deine ganze Art, die mich angezogen hat. Ich kann es nicht genau erklären.«

Aus seinen grünen Augen blickt er mich an und lächelt.

»Lexi, ich weiß nicht, was es ist, warum man sich in einen Menschen verliebt. Die Wissenschaft liefert da auch keine klaren Antworten. Es passiert eben. Man kann es sich nicht wirklich aussuchen. Glaube ich.«

Verliebt. Habe ich richtig gehört? Hat er verliebt gesagt? Vor Aufregung bekomme ich feuchte Hände in meinen Handschuhen. Ich will etwas sagen, weiß aber nicht, was. Und wäre es jetzt nicht an der Zeit, mir von dieser anderen Frau zu erzählen? Ich wünschte, ich könnte diese Sache verdrängen und einfach den Augenblick genießen. Aber so bin ich nun mal nicht gestrickt.

»Hast du Hunger?«, fragt er unvermittelt.

Ich bin ernüchtert über den abrupten Themenwechsel, aber es stimmt, ich bin hungrig. So sehr, dass ich mir gerade eben eingebildet habe, gegrilltes Fleisch zu riechen. Ich nicke.

»Dann komm!« Liam greift wieder nach meiner Hand und zieht mich runter vom Weg über eine Wiese. Wir erklimmen eine kleine Anhöhe. Vor der Absperrung zum Park sehe ich etliche Lichter und zwei Menschen, die hinter einer Art Wall hin und her gehen. Ein Feuer glimmt, Rauch steigt in die Winterluft, und ja, es riecht tatsächlich nach Gegrilltem.

Wenig später stehe ich mit offenem Mund da. Der Wall ist in Wirklichkeit eine Bar aus Schnee. Obendrauf stehen langstielige Gläser und ein silberner Kübel mit zwei auf Eis gebetteten Flaschen. Ist das etwa Champagner? Mehrere Petroleumlampen tauchen die Szenerie in ein geheimnisvolles Flackerlicht. Sogar drei Klapphocker gibt es vor der Bar und von irgendwoher ertönt ein cooler Elektro-Sound.

Aber das Irrste ist: Der Schnee, aus dem die Bar gemacht ist ... täusche ich mich oder ist der wirklich *rosa*?

»Willkommen in der East River Snow Bar, die es nur heute und nur für dich gibt«, strahlt Liam und deutet auf das Kunstwerk.

Ich stehe stumm und staunend da. Hat er das etwa für mich gemacht?

Die beiden Gestalten treten hinter der Bar hervor. Es sind ein Mann und eine Frau. Der Mann ist der Bärtige mit den tätowierten Armen, den ich im Cheesecake-Café gesehen habe. Jetzt trägt er allerdings einen dicken Parka. Die Frau im langen schwarzen Wollmantel ist die Blonde, die Liam geküsst hat. Mir wird flau im Magen und ich merke, wie mir mein T-Shirt am Rücken festklebt.

»Du hättest etwas früher simsen sollen, die Steaks sind noch nicht ganz durch!«, sagt der Bärtige zu Liam

»Das macht gar nichts«, antwortet Liam. Er legt den Arm um meine Schulter und zieht mich zu den beiden. »Lexi, das ist Sofia, ihr gehört *Jess' and Sofias Home of Cheesecake*, wo es den besten Kuchen von ganz Brooklyn gibt.«

»Hi, Lexi!«, sagt Sofia und lächelt hinreißend.

»Hi, Sofia«, sage ich, ziemlich verwirrt.

»Und das ist George, er arbeitet auch dort.«

George und ich begrüßen uns ebenfalls, dann dreht er sich wieder um und wendet die Steaks, die auf einem Rost über glühenden Holzkohlen liegen. Es qualmt.

Ich bewundere noch immer die Schneebar. »Das ist ja irre. Hast du die etwa gemacht?«

»Ja«, sagt Liam. »Okay, George hat mir ein bisschen geholfen.«

»Und warum ist sie rosa?«

»Weil alle Mädchen Rosa lieben.«

Ich verkneife mir den Hinweis, dass ich normalerweise nicht besonders auf Rosa oder Pink stehe, denn die rosa Schneebar ist wirklich wunderbar. »Ich meine, wie hast du das hingekriegt?«

»Mit Lebensmittelfarbe. Gefällt sie dir?«

»Sie ist das Schönste, was ich je gesehen habe«, sage ich und meine das auch ernst.

»Drinks gefällig?«, unterbricht uns Sofia. »Du siehst halb erfroren aus, Lexi, wie wär's mit einem Champagner? Oder hättest du lieber heißen Cranberry-Punsch? Ist ohne Alkohol.«

»Gern den Punsch. Danke«, sage ich.

»Siehst du, wir ahnten gleich, dass sie nicht der Champagner-Typ ist«, meint Sofia zu Liam. »Und für dich wär was Warmes auch nicht schlecht, sonst kann ich morgen wieder die Krankenschwester spielen«, fügt sie hinzu, während sie sich an einem dampfenden Topf zu schaffen macht, der auf einem Campingkocher steht.

»Danke«, sage ich erneut, als Sofia zwei Becher Punsch vor uns hinstellt. Ich habe keine Ahnung, was ich von ihrer Anwesenheit halten soll. Was ich von alldem halten soll. Will Liam mir damit schonend beibringen, dass er sich zwar in mich verliebt hat, aber eine Freundin hat, die er auch liebt?

»Ich habe mir das Hirn zermartert, wohin ich mit dir gehen soll«, sagt Liam und fährt etwas leiser fort: »Es sollte etwas Einzigartiges sein. Wir haben nur diesen einen Abend, und ich möchte, dass du dich dein Leben lang daran erinnerst, egal, was mit uns beiden geschieht.«

Ich muss schlucken. Verlegen greife ich nach dem Punschbecher. »Nur diesen einen Abend ...«

»Hat er dir erzählt, dass er zwei Tage wie ein Trottel durch Manhattan gestolpert ist, um dich zu suchen?« Sofia hat sich zu uns gestellt, ebenfalls einen Punsch in der Hand.

»Ja, das hat er«, sage ich.

»Und dass er es nur Jess und mir verdankt, dass du heute hier stehst?«

»Nein«, sage ich wahrheitsgemäß.

»Typisch Mann!«, schnaubt Sofia.

»Ich bin nur noch nicht dazu gekommen, es ihr zu erzählen«, verteidigt sich Liam.

Sofia erklärt mir, wie sie und diese Jess – vermutlich die Mitbesitzerin des Cafés – das *Horse and Jockey* gefunden haben. »Leider sind wir nicht früher darauf gekommen, aber es hat ja noch gereicht.«

»Ihr legt euch ganz schön ins Zeug für eure Stammgäste«, bemerke ich.

»Für Stammgäste und Mitbewohner«, grinst Sofia.

»Ihr wohnt zusammen?«

Liam nickt. »Wir sind eine WG. Wir haben ein Wohnungs-Cheesecake-Arrangement: Sofia wohnt bei mir, dafür kann ich im Café umsonst so viel Cheesecake essen, wie ich will.«

»Steaks sind fertig«, ruft George.

Sofia rutscht vom Stuhl.

Ganz allmählich kapiere ich die Zusammenhänge – und meine völlig falschen Schlüsse. Das, was ich heute Vormittag gesehen habe, war das Gespräch, bei dem Sofia Liam erklärt hat, was sie und ihre Freundin über mich herausgefunden haben. Deshalb ist Liam aufgesprungen und hat sie geküsst. Und während ich unterwegs zum Friedhof war, ist er sofort ins *Horse and Jockey* gefahren, hat das Buch zurückgebracht und Grandma um meine Telefonnummer gebeten. Sie hat mir verraten, dass sie sich *recht angeregt* mit Liam unterhalten habe. Ich kann mir gut vorstellen, wie Liam den alten Drachen um den Finger gewickelt hat.

Ich atme tief durch. Eine Zentnerlast gleitet von meinen Schultern und ein Lächeln breitet sich auf meinem Gesicht aus.

Liam nimmt meine Hände, strahlt mich an und ruft: »Da ist es ja endlich!«

»Was?«, frage ich, die mal wieder nichts kapiert.

»Dieses Lächeln. Das Strahlen in deinen Augen. Das habe ich den ganzen Abend schon vermisst. Ich dachte schon, du hättest es verloren.«

Ich lächle gleich noch viel mehr. Im Schummerlicht der Petroleumlampen sind seine Augen zwei tiefe, dunkelgrüne Teiche, in denen ich hoffnungslos versinke. Der magische Moment wird jäh unterbrochen, als George zwei Teller mit riesigen Steaks vor uns hinstellt.

»Ihr müsst schnell essen, die Bar schmilzt sonst weg.«

Während des Essens erzählt Sofia, auf deren Teller nur ein Berg Salat ist, dass sie auf der Dachterrasse Hühner halten. George ist eher schweigsam, aber als sich unsere Blicke kreuzen und gerade das Thema Hühner dran ist, grinst er unter seinem Bartgestrüpp und tippt sich an die Stirn. Ich grinse zurück.

Die Steaks sind fantastisch, die zartesten, die ich je gegessen habe. Mr Costello aus dem *Horse and Jockey*, für dessen Steaks man wirklich ein gesundes Gebiss braucht, sollte bei George in die Lehre gehen.

Nach den Steaks gibt es mit Blaubeeren gefüllte Cheesecake-Muffins. Sie schmecken wahnsinnig gut – kein Wunder, dass Liam jeden Tag in das Café geht!

Dazu öffnet Liam eine der Champagnerflaschen. Der Champagner ist ebenfalls rosa. »War ja klar«, lächle ich.

Wir stoßen alle vier an. Dann meint Sofia, es wäre Zeit, die beiden Turteltauben alleine zu lassen.

»Warte eine Minute, dann begleite ich dich«, sagt George, der gerade Schnee auf die Kohlen des Einweggrills schaufelt. »Ich lass keine Frau nachts allein durch den Park gehen.«

»Jess ist doch bei mir«, sagt Sofia, was ich nicht verstehe, und George offenbar auch nicht, denn er sagt bestimmt: »Du wartest und ich komme mit.«

Dann sind wir allein, Liam und ich. Die Lampen flackern, der Mond scheint und auf der anderen Seite des East River glitzert Manhattan mit den Sternen um die Wette.

»Was meinte Sofia, als sie sagte, Jess sei bei ihr?«, will ich wissen.

Liam seufzt und verdreht die Augen. »Sofia hat diese kleine Wahnvorstellung. Jess ist ihre ständige Begleiterin, die aber nur sie sehen kann. Deshalb spricht sie auch immer von *wir*. Ich habe mich schon so daran gewöhnt, dass ich manchmal auch das Gefühl habe, Jess existiert. Kann es sein, dass man selbst eine Macke bekommt, wenn man mit einer Verrückten zusammenwohnt?«

»Na ja, davon abgesehen, dass du für ein Mädchen, das du kaum kennst, eine rosa Eisbar baust, kommst du mir eigentlich ziemlich normal vor.« Ich muss unkontrolliert kichern, weil ich noch immer so erleichtert bin, und lasse mir von Liam noch einmal ein Glas Champagner einschenken. »Ich dachte, Sofia wäre deine Freundin«, gestehe ich.

»Was? Nein, überhaupt nicht! Sie ist ja nett und hübsch, aber ... nein! Sie ist bei mir eingezogen, nachdem ich mitbekommen hatte, dass sie im Café schläft, weil man ihr die Wohnung gekündigt hat. Platz hab ich mehr als genug bei mir.«

Eigentlich wollte ich Liam nicht von meinem Beinahe-Besuch im Café erzählen, aber der Alkohol löst meine Zunge.

Zuerst lacht er, dann schüttelt er den Kopf. »Ich schwöre dir, das war das erste und das letzte Mal, dass ich Sofia geküsst habe. Ich war nur so glücklich, dass sie dich ausfindig gemacht hat.«

»Ich bin echt froh, dass ich das jetzt weiß«, sage ich.

Liam seufzt und fasst sich an die Stirn. »Jetzt kapiere ich es! Deswegen warst du die ganze Zeit so reserviert. Und ich dachte, du hättest zu Hause einen Freund, der auf dich wartet, und ein schlechtes Gewissen, weil du dich mit mir triffst.«

»Keine Sorge. Ich habe keinen Freund zu Hause«, sage ich.

»Aber einen in Brooklyn«, sagt Liam. »Oder?«

Mein Herz setzt ein paar Takte aus. Wir sehen uns an, dann küssen wir uns. Es ist der perfekte Moment und der perfekte Kuss. Erst zart und tastend, dann intensiver. Es ist mein erster richtiger Kuss von einem Jungen, den ich wirklich mag. Die Knutschereien auf Partys zählen nicht mit, die laufen unter Erfahrungen sammeln. Es fühlt sich toll an. Und irgendwie richtig.

Wir trinken den Champagner leer, küssen uns immer wieder und reden dazwischen belangloses Zeug. Wir sind ein bisschen angeheitert. Und verliebt.

»Welches ist dein Lieblings-Wolkenkratzer?«, fragt Liam.

»Das Chrysler Building natürlich. Es sieht aus wie ein Diadem.«

»Stimmt. Meins auch. Und der Hässlichste ist der Trump Tower.«

»Schon weil er so heißt«, bestätige ich. »Ich war drin, im Foyer, es ist voll geschmacklos. Protzig. Hässlich.«

»Wen wundert das?«

Wieder ein Kuss, lang und leidenschaftlich. Ich spüre seine Hände unter meiner Jacke auf meinem Rücken und ich wünschte, wir wären nicht in einem öffentlichen Park.

»Ich habe eine wirklich tolle Wohnung mit einer tollen Aussicht«, sagt Liam.

Will er mich zu sich einladen? Ich würde echt gerne mitkommen. Schon um zu sehen, wie er wohnt. Und ich wäre auch wirklich gern mit ihm allein. Aber ich habe Grandma versprechen, nein, *schwören* müssen, genau dies nicht zu tun.

Er steht auf. »Die zeige ich dir, wenn du wiederkommst.«

»Ich weiß nicht, wann ich wiederkomme«, sage ich. Plötzlich ist mir ganz weh ums Herz.

»Dann muss ich dich eben besuchen in ... wie heißt das Kaff noch mal?«

»Daglfing. Ein Vorort von München«, sage ich. »Wenn du im Sommer in Europa bist, können wir vielleicht ...«

»Darf ich auch früher kommen?«, unterbricht er mich.

»Natürlich«, strahle ich.

»Und ich würde dich sehr gern morgen zum Flughafen bringen.«

»Bist du dir sicher? Vielleicht solltest du es lieber lassen, das wird bestimmt ganz furchtbar«, sage ich.

»Das wird es ganz sicher«, sagt er. »Aber ich will dich unbedingt noch einmal sehen.«

»Okay. Aber du musst dich darauf gefasst machen, dass ich dann losheule.«

»Dann heul ich mit«, sagt er. »Und jetzt bring ich dich nach Hause. Sonst reißt mir deine Großmutter meinen *fucking* Kopf ab.«

»Ja, das klingt ganz nach ihr.«

Eng umschlungen verlassen wir den Park und Liam hält ein Taxi an. Viel zu rasch sind wir vor dem *Horse and Jockey*. Wir küssen uns noch einmal vor der Tür, während das Taxi wartet.

»Es ist dir gelungen«, sage ich.

»Was?«

»Dies war der tollste Abend, den ich je hatte. Den werde ich mein Leben lang nicht vergessen. Wer baut schon eine rosa Schneebar, nur für mich?«

»Niemand«, grinst Liam. »Und sollte doch irgendwann einmal irgendein Mistkerl auf die Idee kommen, dann wird es nicht dasselbe sein.«

Der Tag des Abflugs

Flughafen La Guardia, New York City

Ich hatte recht. Der Abschied am Flughafen ist furchtbar. Grandma hat Liams Angebot dankbar angenommen, um im Hotel bleiben zu können, weil heute eine Reisegruppe mit zwölf Chinesen ankommt.

Wären uns doch wenigstens ein paar Tage mehr vergönnt gewesen! Ich habe die Befürchtung, dass wir uns bald nichts mehr zu sagen haben werden, wenn wir mailen oder skypen, weil wir uns eigentlich kaum kennen. Der Gedanke daran ist unerträglich und der Schmerz darüber macht mich wütend. Und weil sonst keiner da ist, lasse ich meine Wut an Liam aus. Ich frage ihn, was er denn eigentlich von mir will. Ich sei ein Niemand, verglichen mit ihm, ich hätte keinen Senatoren-Vater, nur eine Mutter, die an Depressionen litte, und wenn er über Politik rede, verstünde ich nur die Hälfte. Ich sei einfach nur Durchschnitt, optisch und intellektuell, und ehe wir eine laue Fernbeziehung langsam zu Tode pflegen, sollten wir uns doch besser gleich an Ort und Stelle für immer verabschieden. Dann bliebe uns wenigstens eine schöne Erinnerung.

Das Ganze bricht unter Tränen aus mir heraus, und dass ich mich so wenig im Griff habe, macht mich noch wütender.

Liam lacht. Er *lacht*!

Und ehe ich mich auch noch darüber aufregen kann, nimmt er mich in den Arm, küsst mich und sagt dann: »Du bist wie ich, Lexi. Wenn du traurig bist, wirst du wütend. Glaub mir, auch ich bin kurz davor, irgendwem eine reinzuhauen. Vielleicht dem zwei Meter langen Rucksacktypen da drüben ... Ich lasse es nur sein, weil es dann einen mordsmäßigen Ärger gäbe. Aber falls du mir eine reinhauen möchtest, bitte schön.« Er geht leicht in die Knie und zeigt auf seine Wange.

Das ist der Moment, in dem ich mich *wirklich* in ihn verliebe.

Vorher, das erkenne ich jetzt, *wollte* ich mich verlieben, und er schien mir das ideale Objekt dafür zu sein. Aber in diesem Moment weiß ich, dass es *echt* ist. Liam hat gerade meine hässliche Seite zu sehen bekommen, er durchschaut mich – und mag mich trotzdem. Das nimmt mir den Wind aus den Segeln. Und noch während ich ebenfalls lachen muss, fangen wir beide an zu heulen und liegen uns in den Armen.

»Ich habe dich sehr, sehr gern, Lexi Flanagan«, flüstert er mir ins Ohr.

»Ich dich auch, Liam Harris«, flüstere ich zurück, und schon wieder stürzen mir die Tränen aus den Augen. »Und jetzt verschwinde«, flüstere ich. »Sonst fängst du dir echt noch eine ein.«

Nachtrag: Zwei Monate nach dem Abflug

Im Garten vor unserem Reihenhäuschen blühen die ersten Schneeglöckchen. Ich habe sie für Liam fotografiert. Wir skypen ziemlich oft, und entgegen meinen Befürchtungen wissen wir immer, was wir miteinander reden sollen. In drei Wochen wird er mich besuchen.

Ich habe seinen Rat befolgt und meinem Vater gesagt, dass ich ihn in Zukunft gern regelmäßig sehen würde. Er hat sich total gefreut und jetzt treffen wir uns alle zwei Wochen.

Die dickste Überraschung aber bescherte mir meine Mum. Vor zwei Tagen, als sie von der Arbeit nach Hause kam, hat sie mir eröffnet, dass sie ihren Job gekündigt hat. Sie habe sich den Beruf der Anwältin aufregend und abwechslungsreich vorgestellt, aber stattdessen beschäftige sie sich mit langweiligen Vermögensverwaltungen und Testamenten. »Das hat mich auf die Dauer krank gemacht«, gesteht sie.

»Hast du schon eine neue Kanzlei in Aussicht?«, habe ich gefragt.

»Nein«, hat Mum geantwortet und dabei so glücklich gelächelt, dass ich dachte, gleich eröffnet sie mir, dass sie einen Millionär heiraten wird.

»Ich werde ins *Horse and Jockey* einsteigen. Noch dieses

Jahr. Deine Großmutter wird nicht jünger und ich habe früher immer gern dort gearbeitet. Eigentlich habe ich nur Jura studiert, weil Mum und Dad es wollten. Ich möchte, dass das Hotel in der Familie bleibt.«

Nachdem ich es geschafft habe, meinen Mund wieder zu schließen, habe ich gefragt: »Und … und was ist mit mir? Mit meinem Abi?«

»Das machst du hier fertig. Bis dahin kannst du bei deinem Vater wohnen und dann kommst du nach. Natürlich nur, wenn du willst.« Sie zwinkerte mir zu. »Ich könnte mir vorstellen, dass sich ein gewisser Jemand darüber freuen würde.«

»Mum, das ist Wahnsinn. Aber … eigentlich war das *Horse and Jockey* mein Plan!«

»Das kann er doch immer noch sein«, meinte Mum.

»Drei Generationen Flanagan-Frauen in einem Hotel?«, rufe ich entsetzt. »Wir werden uns dermaßen in die Wolle kriegen …«

Mum hat gelacht. In diesem Moment ist mir aufgefallen, wie lange ich sie nicht mehr hatte lachen sehen.

»Ja, das werden wir«, meinte sie. »Und es wird sicher ganz großartig.«